僕らはそれでも生きていく！

読むと元気がでる本

小石原昭

財界研究所

はじめに

この一冊に登場する方々の共通点は、
みなさん前向き、
みなさん明るい、
みなさん子供の純真さを失っていません。
人間への限りない愛情に支えられ、人情の機微を知悉《ちしつ》した説得力と、
スピーディーな行動力、それが結実した見事な成果。
日本にもまだ、こんなに素敵な人たちがいたんだ。
この一冊で、きっとあなたも元気がでます。

小石原 昭

【目次】

ブックデザイン＝中垣信夫＋吉野 愛
写真＝齊田勤、荻野進介

こうすれば、
みんなの暮らしは
よくなるじゃないか。

Yuko Iwaki

これが理想の老人介護

岩城祐子
「民」の発想で介護ビジネスに成功の「シルバーヴィラ向山」代表

岩城さんは行動力あふれる女性です。

パワフルで、それを雑駁《ざっぱく》と見る人もいるようですが、芯はけっしてそうではありません。

常に周囲にさりげなく心を配り、細かな配慮を忘れず、サービスマインドがいっぱいです。

いい意味でしたたかさもそなえ、男性が好む話題も嫌な顔もせず同調してくれます。

ご自分が考え信じたことを、緻密な計画で実行しつづけてきて、
すばらしい成果をあげている、可愛い女丈夫です。


（小石原　昭）

いわき・ゆうこ

1924年秋田県岩城町生まれ。日本女子大学家政学部卒業。73年、日本ではじめての女子大生寮「日本女子学生会館」を東京都練馬区に開設し成功。80年、同じ練馬区に、日本初の介護つき都市型有料老人ホーム「シルバーヴィラ向山」を開設。大成功をおさめ、現在会長。長期滞在型ホテル「アプランドル向山」代表。「日本・ケベック友好協会」「楽しい高齢者をつくる会」各理事長。

◉——介護保険でトクをするのはお役所

小石原　岩城さん、介護保険がはじまりましたが、お宅はどうなりましたか。

岩城　うちのような有料老人ホームは、普通の家庭介護と同じで、ご本人が介護保険の申請をされ、現物で給付が来ます。たとえばヘルパーさんの三時間とか……。

小石原　お宅の従業員が三時間やれば、そのお金は役所からお宅へ来る。

岩城　ですから、うちのヘルパーが役所の資格をとってヘルパーとして登録しないと、とれないんです。また、これもくだらないんですが、その資格をとるために、十万円ぐらい、役所がまたお金をとるわけなんです。役所がご自分の外郭団体みたいなものをおつくりになって、そこの資格審査がありまして、いいんじゃないかとなると、また登録して、許可が下《お》りましたら、その許可証をいただくために、また新たにお金を納めて、それなりに紙のムダ使いをして、ああだこうだと言われまして、こんなに厚い報告書をお出しして、やっと審査がとおって、という話になるわけです。何兆円産業だと皆さん思ってらっしゃいますが、その何兆円というのは、役所がそういうふうにお金をお使いになるというのであって、お年寄りとか周りの方に何兆円が行き届くわけじゃないんで、詐欺みたいな話だと私、思ってるんです。介護保険は、私たちは保険料を現金でお払いするの

小石原　ですから、給付金も現金でお支払いください、と私は主張しているわけです。
岩城　そのとおりですね。
小石原　いまシルバーヴィラ向山だけで入居者は何人いらっしゃいますか？
岩城　百二十名様です。
小石原　それが三つの建物に分かれていて、廊下でつながっている。どうしてですか。普通ならまとめて建てるわけでしょう。
岩城　建坪で千平方メートル、三百坪を超えますと、厚生省の基準でスプリンクラーをつけなければいけないんです。スプリンクラーというのは、いちどきに二トンの水が出ます。そのへんにいるお年寄りは死んじゃうんですよ。非現実な規則です。三つにわけちゃうといらないわけです。
小石原　どうしてそういう非現実な規則を作っているんですか。
岩城　スプリンクラー屋さんが、お役所のＯＢの勤め先としてよろしいんじゃないですか。

◉――お年寄りは町なかを好む

小石原　高齢者の方が入る施設といいますと、ふつう海の近くの眺めのいい場所にあるというイメージですが、シルバーヴィラ向山は、閑静な練馬のお屋敷町のどまんなかにある。

岩城　だいたい風光明媚なところは、初めはいいかもしれないけれど、一週間もすれば見飽きてしまって、全然面白みがございません。時々刻々と変化する町なかのほうが、お年寄りにとってよろしいのではないですか。

私どものところは、カナダのモントリオールの学生さんも来ておりますし、近所の子供たちが来るお習字教室もあります。夏は小さいプールを開放していますから、夏休みになると、それはそれは子供さんたちがやかましいんです。廊下も水びたしになるんですけど、そういうのが逆にお年寄りによろしいんじゃないでしょうか。

小石原　バブル崩壊前、当時、七十歳くらいの高齢者のご相談をお受けしたことがあるんです。江ノ島を眼下に見下ろす日本庭園つきの数百坪の家屋敷を売って、原宿あたりのマンションを買いたい、というものでした。

そのご夫妻に現地でお話を聞いたんですが、夜になると真っ暗になって、休みの日はことにシーンとして、とにかく淋しい、とおっしゃる。普通に考えれば、老後を過ごすのにまことにふさわしい理想郷に思えるんですがね。結局、そこを手離されて、原宿のマンションをお買いになりました。

岩城　そうですか。

小石原　それから、もうひとつ。私のお師匠さんの井伏鱒二先生が具合が悪くなられたので、六本木にある心臓血管研究所にお入れしたんです。最初は東大生産技術研究所と青山墓地が見渡せる静かな病室でしたが、何と、そのころ八十六、七歳だった先生がいやだとおっしゃるんですよ。反対側の表通りの真ん前は、ぜんぶ、映画の日活が持っていたマンションだったんですが、そっちにしてくれと。そして、お見舞いに行くと、「小石原、ここにいると面白いぞ。朝起きてから夜寝るまで、目の前のマンションの各部屋でドラマが起こっているんだ」と、さも楽しそうにおっしゃるんです。

岩城　そうなんです。お庭が見えるところは箱根と同じで意味がない。ですからみなさん、やっぱり道路側がいいと言われるんです。新聞配達さんやゴミ屋さんが来たり、ゴミを漁りに猫が来たり、パァーっと子供さんが走っていたり、そういうのがいいんです。

小石原　岩城さんのご本に、岩城さんがシルバーヴィラ向山を思いたたれたとき、銀行がいったん三億くらいの融資を約束したあと、厚生省に聞きに行った、と書かれていますね。そうしたら厚生省が、二十年前のその当時、「有料老人ホームをやるなんて、あんな岩城さんの言うことを聞いちゃだめだ、あの人はおかしい。いま、役所がタダでやろうとしているのに、そんな介護に高いお金を出してまで有料老人ホームに親を入れるような馬鹿はいませんよ」と言って、それを聞いた銀行も、いったん約束していながら、反故《ほご》にしたというんですね。実際はタダじゃないんですよ、役所は税金でやるんだから。

あなたが福祉だといっても、かならず採算に乗せて返すものは返すと言っても、どうしてもわからない。資産もちゃんと担保にしているのにわからない。おまけにその銀行員が差し出がましくも「もっと儲かる仕事をしたらどうですか」と。何という不遜。それで、銀行の言うことを聞かないと貸さないと言うから、あなたのほうから「そんな銀行は取引停止だ」と言ったら、銀行は「やれるものならやってみろ」と。それで敢然としておやりになったそうですね。

◉——恋愛は大推奨

小石原　先年、取材にうかがったうちの者が、「岩城さんのところはオープンキッチンで、調理しているところがみんなからよく見えるようになっている。ところがそれを厚生省が認めない」と聞きましたので、厚生省の老人福祉企画課に取材に行って、「なぜいけないんですか」と尋ねましたら、「火を見て興奮した老人がキッチンに入って暴れるといけないから」と(笑)。取材者は、「そんな馬鹿な、非現実な……」とおなかを抱えて笑っていましたね。それで、岩城さんのところはそんな面倒くさい厚生省は相手にしないというので、いっさい許認可もとらないかわりに、お金ももらわず、全部普通の企業として借入金でまかなってやって来られたわけですね。

岩城　答えた下っ端の人は、上が決めたことで、とっさに何と答えたらいいかわからなくて、思いつきを言われたんですよ。

小石原　そうでしょうね。思いつきでしょうね。笑っちゃった。

岩城　厚生省のお考えは、食堂に黴菌を入れないために、全部をシャットアウトしないといけないというわけです。

小石原　完全滅菌なんて非現実ですね。

岩城　それはできませんし、また、そういうことをしますから、日本人がだんだんとひ弱になりましてね、ちょっとした黴菌でもあの世に行っちゃうんです。

小石原　宮崎県に綾町という町があるんです。そこはもう二十年も前に液体肥料工場というものをつくって、全町の排泄物を集めています。その下肥に発酵促進剤を入れて、完全に悪い菌だけ殺しちゃう。それを散布車で頼まれた農家に無料でパァーっと撒いています。そうすると、とってもいい野菜ができる。これはたいしたお金をかけないで、村単位なんかでやろうと思えばやれることなんですよ。

岩城　そうですね。

小石原　シルバーヴィラ向山は、お酒も自由なんでしょう。たばこも吸っていい。門限がない。

岩城　ないですね。

小石原　恋愛は自由じゃなくて、むしろ推奨される。

岩城　そうそう。うちでは男の方は、モテて、モテて。この世でこんなにモテたらどうしましょうと思うくらい、もう女性が群がります。触らないでくれというほど、女の方が寄っていらっしゃいます。

小石原　失礼ですが、それは何歳ぐらいなんですか、いま話題の人たちは。

岩城　女性がだいたい七十七、八歳です。

小石原　恐ろしいですねぇ(笑)。

岩城　男の方でも、ちょっと痴呆症が軽く入りますと、精神が若返ってしまいまして、何だかご自分が五十歳前のような気分に精神的におなりになるものですから、四十歳ぐらいの女の人を見ると、いいな、いいなと、ご自分では若いつもりですから、お思いになるわけですね。それで、「食堂は人の目が何かとうるさいから、食事はルームサービスで」とおっしゃいますので、うちのヘルパーがお部屋にお食事をお持ちしますと、大急ぎでドアをお閉めになって、鍵までかけて、「君、君、僕と結婚しないか、してくれれば財産のうち二千万円を君に譲る」とか、おっしゃるんですって。

小石原　こまかいね(笑)。

岩城　ヘルパーは驚いて、「いやだわ」と蹴飛ばして、食事をぱっとテーブルの上に置いて、鍵を開けて出て来ちゃう。その人は、また次のヘルパーが来たときに、一所懸命同じように口説くけれど、また逃げられちゃうんです。つまり、同情してはいけないんです。男の方は、もうだめ、そこまで。

小石原　お尻を触るぐらいはお認めに。

岩城　おおいに推奨しております。首筋をなめるくらいまで、それ以上はダメと厳しく……。

小石原　犬はいまでも五頭ですか。

岩城　犬はいま六頭です。犬がいるとみんななごむし、犬を中継ぎにしてコミュニケーションもできるし、何よりも、お漏らしをされたときに犬のせいにできて、ほんとにまあうちの犬が申しわけありませんと言って拭きますものね。

●――健常者と痴呆者の混在を

小石原　わりと元気なご夫婦がふたりで入っていらっしゃる例はないんですか。

岩城　ほとんど稀でございますね。だいたい、これまでの女の人は、男の人に依存して生きるように教育されてきましたから。ところが、男の方のお具合が悪くなると依存できなくなりますから、とっても不愉快になり、こんな粗大ゴミみたいな人と一緒にいられないわというので別れ話になる場合がございます。

小石原　そのダメになった粗大ゴミをお宅に預ける人はいるんですか。

岩城　いらっしゃいます。奥さんはお元気でお家でちゃんと暮らしているんです。

小石原　一緒に暮らして看病しようとは思わないんでしょうか。

岩城　さらさら思わないみたいです。でも、女の人が駄目になった場合、男の人がついて入ってきて看病している例はあります。

小石原　痴呆の方を混在させていることのメリットはありますか。

岩城　メリットと申しますのは、痴呆でないお客さんに、ああいうことはみっともないと思っていただけますので。痴呆の方をお世話することで、その方はあんまり痴呆にはおなりになりませんからね。人の世話をするということはとてもいいことで、何よりのお薬になりますから、よろしいと思います。

小石原　健常者が痴呆になるのが遅れるというか、痴呆にならないような時間を過ごせる。

岩城　私が入所者を百名くらいにしました最大の理由は、フィーリングの合う方は三十名、四十名のなかではなかなか探せないからです。百名近くになりますと、はじめて誰でもフィーリングの合う方を探せるんです。

小石原　それは性別は関係なしにですか。

岩城　男の方、女の方とか、痴呆だとか、そうでないとかは関係なく、しっかりさんはしっかりさん同士で、おかしい方はおかしい方同士で、うまくいくんです。そして、そういう方同士がお友達になっていただくようにするわけです。すると、淋しいということがなくなるんです。そうでないと、皆さん、孤立しちゃうんで大変なんです。

小石原　そうですか。

◉──お年寄りと子供が同じ施設に

岩城　これからいちばん大変なのは少子化問題だと思います。インテリ化した女性は、いままでの風習に従って男性が威張ってばかりの家庭になんか入りたくない。だから結婚しない女性がずいぶん増えました。それでも、三十七、八歳くらいになると、急に子供がほしくなって結婚したいと思うらしいですけれど、お相手がなかなかいないというのが現実だと思うんです。ですから、シングル・ママさんとか、あるいはシングル・パパさんがちゃんと生活できるように、法律とかいろいろな制度を整備しておかないといけないんじゃないかと思っています。

そうすると、シングル・ママやパパとそのお子さん、それからうちにいらっしゃるようなお年寄りの方がご一緒に生活なさって、その生活の場がそのまま、昼間は子供の保育園になるんです。お年寄りの方は月々五万円とかのお金を払って保育園の保母や保父になる。お給料はもらうんじゃなくて払う。このやり方、どうでしょうか。

小石原　実例を申しあげましょう。戦後すぐ初代日本開発銀行総裁をやられ、その後、日本航空の会長もつとめられた小林中《あたる》、通称コバ中さんという方がいらっしゃいました。僕がある日、水野惣平という当時のアラビア石油の会長に、折入って話があると呼ばれて、至急、コバ中さんの病気を治す医師団を編成してくれと言われて、すぐ幾人かの名医に、匿名でコバ中さんの病状をよく説明し、これを治せる医師を複数ご推薦いただき、強力な医師団を作ったんですよ。いろいろな診断をした結果、お孫さんが来た時は正気に戻るということがわかったんです。でも、お孫さんは遠くに住んでいるからなかなか来られない。同席していた僕が口をはさんだんです。「いま、幼稚園はみんな経営が大変です。だから、なるべくお家のそばで、経営難に陥ってはいるものの、よいご家庭の子供さんがたくさん通っている幼稚園を探して、そこに寄付をして、名誉園長にでも就任し、いつでも園の中に入れるようにしたらどうですか」って。すぐ採用されまして、コバ中さんは随分命を伸ばされたと、後日、惣平さんにお礼を言われました。

それから、三井総本家の三井八郎右衛門さんは、お亡くなりになるまで、若葉会幼稚園の園長だけはおやめにならなかった。敗戦直前に三井の役職をすべて離れられて、三井物産や三井不動産が大きなビルを建てたときにお部屋を用意されても、一度も行かれなかったらしいですが、若葉会幼稚園だけは、毎日ロールス・ロイスのスポーツカーで通われていました。粋ですよね。九十歳を超えたスマートなおじいちゃんが園長の椅子に座ると、子供たちがパァーっと群がるんです。そうすると、途端に元気になられる。ほんとうに、老人にとっていい療法だと思いますよ。

岩城　私もそう思います。子供さんたちにお触り料というのを払って触ってもらう(笑)。

◉――まず物乞い根性の払拭から

岩城　いまいちばんダメなのは、日本中全部が物乞い根性と申しますか、タダでもらえるものなら何でももらいたいという感じになってしまっていて、何かオンブにダッコで、役所から何かもらう方法はないかということばっかり考えておりますから……。

小石原　補助金、交付金、助成金をもらいたい奴がひしめいていて、いくら税金を納めたって間に合わない。

岩城　群がるんですよね。助成金くださいという大合唱。扶養介護もそうです。有料老人ホームを経営されている方が、何とか助成金をほしいと言われますから、そんなものはトクじゃないからおやめなさいと言うんですけどね。ちょうだい、ちょうだいというから、役所のほうが、建物はこうしろ、ああしろ、と規制を厳しくおかけになりますでしょう。結局、高いものしかできないわけですね。高いとお客さん来ないじゃないですか。だって、拝見していますと、相当ご立派な大会社の役員でも、皆さん、お金のかからない特別養護老人ホームにお母さんをお入れになっていて、老齢年金の申請をしていらっしゃいますし、寝たきり老人の申請をすれば、寝たきり老人手当というのが出るんですよ。そういうのをやっていらっしゃいますからね。

小石原　経済人の意識も変わったもんですね。

岩城　新しい特養にうかがいますと、入居者家族のための駐車場があります。そういうのをつくらないといけないんです。入っている方は車の運転なんかできるわけがないので、結局は親族やお見舞いの方のための駐車場ですけど、ほとんどがベンツですからね(笑)。そういう方が増えてしまって、日本全体にモラルがとっても低下しています。将来の日本にとっては大問題だと思います。もう精神の根底から叩き直さないといけない。

小石原　それで、岩城さんのところはそんな面倒くさい厚生省は相手にしないというので、これまでは、いっさい許認可もとらないかわりに役所のお金ももらわず、全部普通の企業として借入金でまかなってこられたわけですね。

岩城　いままでの特養に行きますと、前科七犯なんて、これまでお国に害毒を流していたようなすばらしい国民が、個室に入って手厚い介護を受けているんですね。一方、一所懸命働いて税金を払ってきたようなろくでもない人は、反抗しませんし、脅されるとごもっともとおとなしいものだから、雑居部屋に押し込められている。おむつにしても「あなた、お金持ちなんだからもう少し払えば？　払いが悪いと換えてあげないわよ」なんて介護人たちに言われて小さくなっている。こわい人は「この野郎！」と言うからおむつもさっと換えてくれる、そういう方は優遇されているんです。これでは政府が、なるべく働かないで悪いことをしなさい、そのほうが得ですよ、と教えているようなもので、基本的にまちがっています。やっぱり一所懸命やった人のほうが最後はいいんですよ、という社会にしないといけないんじゃないですか、というのが私の出発点なんです。

小石原　大宅壮一ノンフィクション賞受賞者の久田恵さんが面白いことを書いているんですよ。日帰りの施設、デイケアセンターというのがあるでしょう。ショートステイで、お母さんを一日預けて置いて、帰りに迎えに行ったら、センターの玄関から離れたところにしか車がつけられない。車椅子でお母さんを運ぶのに自分一人では手に余るので、職員の人にちょっと手を貸してと頼んだら、玄関までが規則だから、たとえ一歩二歩でも業務外だから手伝えない、と言う。だったら、女の私の力では運べないので、どうしたらいいんですかと言ったら、職員が、「こういうときは行政に届け出をし、何月何日何時何分から何時何分までヘルパーさんを申請して、二、三メートル動かすのに派遣してもらえばいい。手続きしないあなたが悪い」と言ったそうですよ。これじゃしかし、人間のサービスはできませんな。

岩城　練馬区に住むある人が、デイケアセンターと自宅の往復を車で送り迎えするというのを福祉で申請して、そのうえ車椅子を車から降ろして玄関に入れるのをまた申請して、ご自分を運ぶ人を三人も申請していらっしゃいますね。

私もほんとうにすごいなあと思ったんですけど、全部タダなんですね。その方は大変威張っていて、お金はもらっていないボランティアの方がお役所の福祉課から派遣されて来るんですが、五分だか来るのが遅れた、どうしてくれるんだと、クレームをつけて、怒鳴り込んでいらっしゃいまして、それで、福祉の係の若い子がぺこぺこ謝って、今度から齟齬《そご》をきたさないように、私も行って見て、派遣の人が遅れたら私が担ぎますということを言ってらっしゃいましたけど、ひどい世の中だなぁと思いましたね。

小石原　サービスにずいぶんムラがあるんですね。

岩城　ですから、これからさぞ特養さんが困られるでしょうから、いま役所がやっていらっしゃる特養のこととか、介護保険と特養の関係など研究して、全国の特養さんの相談相手になれるような特養をやりたいと、お役所に申し出たんですね。そしたら、あれを出せ、これを出せと、書類の厚みが三十センチぐらいになるんです。それから、特養は介護保険で運営されるわけですが、健康保険と同じようなものですから、申請して三ヵ月後でなければお金は下りてこない。そのぶんのお金を役所に寄付しろとおっしゃるんです。それが二ヵ月間の運転資金だとおっしゃる。

小石原　いまのホームを特養になさるんですか。また新しく特養をつくるんですか。

岩城　新しく特養をつくります。役所のものを私が代行して請け負うわけで、いまのホームは特養にはならないんです。

小石原　ソフトだけ、運用だけをやる。

岩城　そうです。そのかわり三割寄付しなければならないわけですね。

小石原　役所が購入した土地で、役所が建てたものだけど、その三割該当の額はお出しにならなければいけない……。

岩城　ですから大変なんですよ。なにしろ私、現在、決まっているだけで一億八千万円、寄付しなければならないんです。

小石原　寄付を受けるところはどこなんですか。厚生省なんですか。

岩城　厚生省です。国庫です。役所の方は、「岩城さんに二十億の仕事をさせてあげてるんだから、いいじゃないか」とおっしゃるんですけど、そのなかの一億八千万は確実に寄付していて、そのほかに八千万円ほど追加寄付をよこせといわれるので、「冗談じゃない」と、このあいだ喧嘩をしました。そもそもこの資金は全部お国のものでしょう。お国のものは、もともと私たちの払った税金なんですから間違っちゃいけない。元を寄付して、また追加寄付ですか。私はこれまであなた方に一銭も助成してもらっていない。だから面倒みてもらっているのはあなたのほうで、私のほうじゃないって怒ったんです。

小石原　ワハハハ……。

岩城　それが今度は、介護保険でどうのこうのと言うものですから、「まだ一度も振替伝票も見たこともない人が何を言うんですか」と言ったんですよ。「運転資金が不足しているときは、借入をしたりして振り替えますが、それは私たちがやることで、あなた方にごたごた言われる筋合いはない。あなた方はド素人なんだから黙っていてください」と。

◉――日本人よ　卑屈になるな

小石原　いまいちばんかわいそうなのは、多くの若い人たちが楽したい病にかかっていることです。若いときはものを覚えるにも、何をするにも、いちばん吸収力があるときです。働いた経験は、必ず次の財産になると思えばいい人生が開けるのに、その日その日が、あ、楽《らく》したい、遊びたいでは、人生で必要なことは何も身につかないんですね。でもそんな、お金だけが目当てで、少しでも怠けて楽をしたいという人が数のうえでは多い世の中でも、ボランティアをやりたいという人も確実にいるんですよね。

岩城　だいたい役所には施しをするという意識がありますね。今度の介護保険も、税金を使って日本人を全部物乞いにする気だとしか思えません。ご自分が稼いだお金でもないのに、どうして役所というのは、大衆が卑屈でないと承知しないんでしょうか。

小石原　でも岩城さんは、今日のお話でも決して卑屈じゃない。それどころか、大変なプライドをお持ちになっている。役所とどこかで関係するお仕事をしていて、こんな風のことが言えるというのはたいしたものです。

今日は、ほんとうにお忙しいところを、長い時間ありがとうございました。

Todomu Nakashima

危険な食べ物はもういらない

中嶋常允

全国に一万軒の信仰農家をもつ農業科学研究所所長

中嶋さんは、時代の流れを的確に捉《とら》えつづけて来た先達です。
内に在野の精神を秘め、人びとのためになることを集中研究開発、
成果をあげつづけています。
野菜や果物を可愛がっているからでしょうか。その眼差《まなざ》しは慈愛に満ちていますが、
自分は百六十歳まで生きるから、女性への関心もまだ涸れていないよと公言する、
ダンディでエネルギッシュな快人物です。

（小石原　昭）

なかしま・とどむ

1920年熊本県生まれ。明治大学商学部卒業。55年、農業科学研究所設立。田畑の土壌と微量ミネラルの研究を続ける一方、全国の農家に土壌分析と栽培技術を指導する。92年、科学技術庁長官賞受賞。農水省リフレッシュビレッジ協議会顧問、農産園芸局長が主催する「土づくり委員会」委託委員、厚生省「食品中の微量元素の安全性に関する研究委員会」委員。主著『はじめに土あり』『食べ物で若返り、元気で百歳』（ともに地湧社）、『間違いだらけの有機農法』（文理書院）。

◉——軍から商、商から工、工から理、理から農へ

小石原　先生のご出身は商学部ですが、どうして商から農になられたんですか。

中嶋　戦時中、学徒出陣で、一九四三年に見習士官で大分に行き、少年飛行兵学校の生徒に精神的な教育をしていました。
ところが敗戦になって、生徒のなかに、父兄が満州におって帰るところがないという者がいた。私は田舎だからどうにかなると、五人ばかりうちに送り込んで、サツマイモの干したのを粉砕する機械を買い込んで工場をつくり、食糧営団にそれを納入したんです。

小石原　軍から商ですね。

中嶋　家に竹山があったものですから、機械を入れて竹籠をつくろうということで、製材所も、水飴もつくりましてね。水飴を売っていると、警察や食糧事務所が見に来るんですが、「あんたのところは何も違反にかからんな」と言うから、「かかるようなことをしてないよ」と言うと、俺にも少し分けてくれと、警察の連中がよく遊びに来ましてね（笑）。

小石原　商学部と工学部ですね（笑）。お幾つぐらいのときですか。

中嶋　二十四歳です。
そのうち、農家の連中が夜になると遊びに来るようになり、五五年頃になると、農薬を

使っても治らない作物の病気が出はじめ、肥料や農薬を入れても収量が上がらない。これから先が心配だ、という連中が多くなってきたんで、当時私が考えたのは、農業は経営の原則に反するんじゃないかということでした。普通だったら、投下資本が増大すれば収益は上がらなければならない。そこで農業の勉強をしてやろうと、鈴木梅太郎さんの『植物生理』を読み、苦土《くど》肥料、つまりマグネシウムを含んだ土をさがし、熊本にドロマイトがあったんですよ。敗戦当時、「微量成分も植物の必須成分だ、欠乏するとこうなる、過剰になるとこうなる」というのを、英国はもう試験していました。そして『ミネラル・デフェンティ・イン・ザ・プラント』という本を出していて、私はそれを翻訳させて一覧表を作り、微量ミネラルの生理的役割、欠乏したときや過剰のときの症状を、各県の試験場や農業指導者などの会で話し、その内容を印刷して、一枚三十五円で売って歩いたんです。

小石原　それには土壌に必要な微量成分の適量が書いてあったわけですね。

◉――日本の産業復興には生命科学が必要

中嶋　私は戦時中、特攻精神を若者に教えていましたが、敗戦になって、なぜ日本が戦争に負けたのか、ほんとうにショックでした。かなり悩みましたが、これは、産業構造の敗北だとはっきり悟りました。アメリカは輸送船なども日本とは比べものにならない大きな船を次々につくっていたんです。
ある雨の日、雷の音に驚いて、飼っていた鶏がひなと一緒に私がいた工場のなかに飛込んできたことがありました。それを見てひらめいたんです。ひなになる卵は有精卵だけですが、栄養価からいえば、無精卵も有精卵も同じようなものですよね。それがこんなに変化するとは、生産力の質的変化という面からいえば大変なことだ。つまり、手工業はどこまでいっても足し算の世界で、機械工業になってようやく掛け算になるわけです。しかし、それよりも急激に、いうなれば等比級数的な増え方をするのが生命科学的な変化なんです。だから、日本がこれから産業面で発展を遂げるためには、どうしても生命科学の世界を本格的に研究しなければならないと思って、「新しい生産への角度」という論文を書いてあちこちで見せたんです。そのうちのおひとりが渋沢敬三先生で、私の考えに非常に共感してくださいました。

小石原　ほう……。

中嶋　その渋沢敬三先生が大蔵大臣になられたとき、食糧が不足しているからと農林省に電話されて、「日本全国の土壌マップはないのか。〝地力マップ〟がほしい。それに対して予算をつけて土地の生産性を上げたい」と言ったら、ぜんぜん……。

「私は160歳まで生きるつもり。精神的にも元気があふれています。いまでもきれいな女性を見ると心がときめきますよ（笑）。人間は死ぬまでバリバリじゃなきゃいけないんです」と語る中嶋常允氏（左）と小石原氏　　茶室・無畏軒（東京・元赤坂・知性ビル）で

小石原　データがない。

中島　そこで、渋沢先生が、中嶋君は日本の土の問題を真剣にやってもらいたい、これは日本にとって大変大きな問題だと言われたのが、本格的に始める動機の一つだったわけです。農業科学研究所をつくり、その後、七〇年ぐらいまでに、微量ミネラルを含む高エネルギー燐酸塩や植物生育調節機能液肥などを開発し、内外で多数の特許を取得しました。周囲の人が皆、あなたは少し狂っていないか。たいしてカネもないのに、こんなにすばらしい設備を作ってどうするつもりだというから、工場はカネをかけてつくっても、ライフサイクルが短くて、時代遅れになったらすぐ破棄しなければならない。でも、研究室はどんどん開発して成果を上げればいいんだと、立派な設備を入れていった。だからたくさん特許がとれたんです。

小石原　実に自然に、軍から商、工、理学部、それから農学部にくるわけですね。

◉――土が生命のみなもと

中嶋　いま、私は日本の未来に非常な危機感を持っているのですが、とめどなく進行する少子化や、病弱で保護を必要とする老人の異常な増加、それに、子供たちの学級崩壊や登校拒否、凶悪犯罪の原点は、日本人の体質がおかしくなったからだと思います。ほんとうの健康さをもっていないのは、子供たちの食べ物が非常に悪いからです。地力が低下しているから、できた作物がダメ。野菜など食物繊維を、四十年ぐらい前の日本人は一日に五十七グラムも食べていたけれど、いまは十グラム未満。中学生はたった二・七グラムなんです。みんな肉や魚にいってしまって、腸の微繊毛が健全な機能を失い、養分の選択吸収能力が機能せず、アトピーとかが出てくるし。財界も政界も経済のことばかりに重点をおいておられるけれど、経済回復の前に、まず国民の体力が回復しないとダメだと思います。五十年前の敗戦のとき、全国の都市はやられ、われわれが引き揚げて帰ったときは、カネはなし物はなし、どのようにして立ち上がろうかと思ったのに、わずか三十年で世界のトップランナーになり得たのは、当時の日本人には、十分な体力、知力、気力があったんですね。昔は有畜複合経営で、各農家が家畜を飼っていて、その糞尿を、自分の家族の糞尿と一緒に堆肥にして、足りなければ町に糞尿を買いに行った、自然循環型の農業でした。一八四〇年代には、ドイツのリービッヒという世界の農業化学の大先覚者が、日本の農業は世界最高だと評価している、まさにそのとおりだったんですよ。日本は戦争には負けましたけど、そのときはまだ地力があった。その土からできたものを、貧乏しながらでも食べていたんです。芋の葉っぱを食べたり、雑穀を食べたり、植物の葉っぱを食べたり。その原点は土だったんです。その土の大切さをみんな忘れて、食物が足りなければ外国から買えばいいという考え方で、いま日本の食糧自給率は四〇％で、先進国中で最低、そのうえ、世界の土壌もダメなんです。

小石原　このあいだ、アメリカ公使が「遺伝子組み換え食品を日本に売り込んでいます、協力してください」と言うから、人の健康のために遺伝子組み換えをしたのではなく、土が劣化して作物栽培が困難になったからでしょうが、遺伝子組み換え食品は日本には不要です、と言っておきました。日本の農協がだめなんです。経済行為ばかり考えて、農業が命の産業だということを理解しようとしない。私らがいま指導している農家は非常に豊かです。生産性も、タマネギは普通十アールで四トンから五トンとれればいいほうですが、十二トンとれる。そして、べらぼうにおいしい。農協はこれがわからない。儲かる農業はないだろうかと言うだけです。いまのままで儲かる農業はないですよ。でも土が健康になると、絶対に儲かるんです。

中嶋　西洋フードシステムの杉本会長が、中嶋さんは「畑のバイアグラ使い」と言っていましたよ。倒れている畑の作物を、バイアグラを使ったように次々に立てちゃうと(笑)。土が健康になるとそうなるんです。地殻が風化して土ができるとみんな思っていますよね。昔の農学はそうだったから、地殻の岩石の分析ばかりやっていた。でも、土というのは海水に近いんです。海から上がってきた藻類が植物になって、魚類が陸上生物になって、その死骸が堆積してできたのが土なんです。生命の宝庫とはそういう意味で、だから、月や火星にあるのは岩石の粉末で、土ではないんです。

◉――農薬と肥料への頼りきりはダメ

小石原　僕たちは、マーケティングとパブリックリレーションズが主な業務で、その企画ソースをたずねて、国内外の大衆社会を一年中調査・取材し、三十社あまりの企業にスライドやビデオやテープで伝える仕事もやってるんですが、七年前、米の不作の年、うちの取材者が、長野県のある村をとおりましたら、見渡すかぎり稲穂が立ち枯れた田んぼが広がっているなか、一ヵ所だけ、平年作のような広がりが目に入った。取材者がそこを訪ねると、その田んぼの持ち主が言うには、私たち四軒の農家はすべて平年作に近い。みんな農協に入っていない。苗を植えたら、刈り入れの日まで、四軒そろって毎朝欠かさず四時に家を出て、田んぼ一枚ごとにその日の温度で水面を上げたり下げたり、気がつくかぎりの虫や雑草をとって歩く。「これをたゆまずやるだけだ。本来、私たちのやり方がふつうで、稲が倒れている田んぼは、みな人災ですよ」と。

そこで、九州から東北まで農家ばかりを取材させたんですが、結局、災害に弱いのは、兼業農家の田んぼが多かったんですね。全国の農家の七割がいま、兼業農家だそうで、日ごろはサラリーマンや公務員をやっていて、田んぼに出るのは休日だけ。それで、農協が村内アナウンスで、「イモチが出たぞ、早く農薬を撒くんだ」というと、農協に農薬を買いに行ってバーッと撒く。一農協が管轄する全域に、ある日いっせいに同じ病気が出るわけはありませんよね。出た農家だけに指導すればいいことを、全部に撒けという。これでは農薬の使用量が増えるのは当たり前で、耕地面積あたりの農薬使用量は日本がダントツ世界一なんですね。常軌を逸した数字です。

中嶋　そうです。農薬散布の時期をグラフにかいて、その時期になると農協が農薬を配達するんです。病気が出ていないのに、予防のためにといってやらせるわけですよ。

小石原　ひどい。全国どこでも同じ技術を一律指導するんですね。まちがった平等主義です。

中嶋　人間は風邪をひく前に風邪薬を飲むかと言うけれど、県と農水省が半分以上カネを出している県の農業改良普及所も一緒になってやっているから……。日本のいまの農業は、肥料をやり過ぎています。私らがやるのは、従来の半分です。適正値があるんです。

◉——老化を防ぐ新陳代謝

小石原　先生は全国一万軒以上の農家をまわられ、診断指導されているわけですね。

中嶋　そうです。とにかく、肥料のやり過ぎはよくないんです。チューリップの球根を水栽培して、肥料をやらずに育てるとすごく根が張るんです。今度は適正な量だけの肥料をやると、根は適量に伸びて、上の茎もどんどん成長します。でも、肥料をやり過ぎると根はほとんど出ないで、上だけ伸びていくんです。世間の人は、作物の根を見ずに上の部分ばかり見るから、肥料は効くものだと思い込む。ところが、旱魃《かんばつ》が起こると、肥料だけで育てたものがいちばん弱い。どんな災害があっても土手の草は枯れないでしょう。だから肥料が多いとダメなんですよ。

人は、食べたものが消化、分解されて血液に合成され、血液から生きていくための生体エネルギーが合成され、それが筋肉や体温調節、細胞分裂のエネルギーとして働き、生きているといえる。そのとき重要なのが新陳代謝で、これによって生命の連続が保たれているんです。ですから、新陳代謝が行われていると、いつまでも老化は起こらないのです。

小石原　新陳代謝が弱くなるのが老化ですか。

中嶋　そうです。俺は何歳だからもう歳だというけど、そんなものは関係ない。老化が起こらないように管理して新陳代謝が正常に働きさえすれば大丈夫なんです。カロリー供給源として、澱粉・蛋白・脂肪を三大栄養素としてみんな考えていますね。これが消化、分解して、初めてエネルギーに変わるわけで、澱粉の場合はアミラーゼという酵素、蛋白質は胃のなかで胃液という塩酸とペプシンという酵素で分解される。この酵素が働くのにカルシウムがごく微量必要なんですね。そういう酵素が人体のなかには二千七百種類ぐらいある。そういうのが皆、ごく微量なミネラルを必要とする。この微量成分が生命を支えていることに、みんな気がつかない。健康のことでいえば、まず食べ過ぎがいけない。常に少食で、活性酸素を常に消却しながら、体液、細胞液がペーハーの七・二から七・三を維持しているとよいのですが、細胞間質液が瞬間的には六・八まで下がることがあり、このときは危険です。これを起こさない生活だと老化は起こらない。

それから体液を酸性化しないためには、脂ものや甘いものやお酒など、すぐエネルギーになるものをあまりとらないことです。野菜や澱粉質のものは燃える速度が遅いからいい。それから海草もそうです。とくに牛肉をひかえめにされるほうがいい。豚はいいですが、豚よりも鶏がよくて、魚がいちばんいい。

◉——農業ほどすばらしい仕事はない

小石原　俗な話になりますが、胡瓜が曲がっていたり大根のぶつぶつがあったほうが農薬を使っていない、とテレビで言っていましたが。

中嶋　まったくの嘘です。本物はぜんぜん曲がりません。大根も肌がきれいでないとダメです。

小石原　ほんとうにいい野菜は、理屈を言わなくてもおいしいとおっしゃってますね。すべて独学とうかがいましたが、すごいご努力ですね。

中嶋　そうです。ですから安全、安心ということを世間では盛んに言っていますが、私は安全、安心の前においしいことが第一条件だと言うんですよ。ほんとうにおいしいものは、安全で安心なんです。農協はほんとうに作物の命を考えて指導しているのではなくて、単なる経済行為ですからね。

農薬は要りませんから。人間が作物に対してできることは、お手伝いすることだけです。畑に行ったらトマトに話しかけなさいと言うんです。そういう考えで作物に接すると、愛情が通うようになるんですよ。そうすると、農業は毎日が楽しいはずなのに、いまは苦痛なんです。そういうことを、教育がとり入れていないわけですね。

熊本で農業高校を卒業するのが一年に三千人いて、就農するのは七十五人です。

小石原　じゃあ、何のために農業高校に行くんですか。

中嶋　ふつうの高校より試験がやさしいからですよ。農業高校で習ったことをやって農業がよくなることは絶対にないんです。農業ぐらいすごい仕事はないですよ。立派な土をつくって、すばらしい作物を作って、それを自分が食べられ、人にそれを売ったときに、おたくのはおいしかった、からだの調子がよくなりましたと言われたら、こんな生き甲斐のある人生はない。カネも欲しい、名誉も欲しい、地位も欲しいだろうけど、そんなものは満たされると終わりだ、多くの人から感謝されるのは無限の喜びだと言うんです。

●――新しい農業に期待する

小石原　うちの取材者の話を聞いていて、不愉快なことがあるんです。農家のなかには、売る作物には農薬を撒いていながら、自分の家族の食べるぶんだけは別に完全無農薬で作っている人がいる、ひどいと言って、悲憤慷慨していましたがね。

中嶋　そういう思想を植えつけてしまっているわけです。ほんとうに作物を愛していないから、カネ儲けの手段として農業をしているから、ダメになったんですよ。

小石原　この前、取材者が、東京の大田市場で「無農薬」とか「有機栽培」とか書いてあるいろんなシールを買ってきたんです。大田市場のなかの資材屋に山積みしてあって、一枚五十銭でだれにでもいくらでも売ってくれるそうです。農薬づけの野菜でも、それを貼ると、百円高く売れるんですって。唖然としましたね。

中嶋　インチキは相当あるはずですよ。そういうことをするから、二〇〇〇年四月から有機農作物認証制度というものがはじまったわけですが、あれもまただめなんです。三年間農薬をやりませんでしたか、とか、ただ生産者にたずねるだけで……。

小石原　自己申告なんですね。ナンセンス。性善説でやっていると思いますが、悪者を取り締まるのに性善説では、納税者、消費者はたまったものではありませんよ。第一、真面目にやってる人が迷惑する。罰則も異様に軽いそうですね。

中嶋　そうです。あれはよくないですね。

小石原　そういう実態について、農水省や厚生省はあまり関心がないんですかね。

中嶋　役人は素人ばかりの集団で、現場をほとんど知らずに、ただ法律を作るだけですから、どうしようもないんです。しかし農水省も、九九年六月、農政大改革大綱を国会で可決させ、自然循環型農業を実現させるには土づくりが基本であることを明示しました。これを農協と農家が実行できればよいのですが。

小石原　農水省は農家の所得を上げるだけの指導しかしてこなかったんですね。でも、ことは食べ物に関することですからね。今日はほんとうにありがとうございました。

Itaro Oikawa

ゴミはかならず利再来《リサイクル》できる

及川伊太郎

廃棄物を都市鉱山、都市森林として再商品化するマルイ舗装社長及川さんは好奇心にあふれ、仕事が趣味だと言いきる、根っからの経営者です。
対談に先立って、ご本人の仕事の現場を、この目で取材しました。
産廃地は予想以上にシビアで、心底、大変な仕事だと痛感しました。
その日の及川さんは、背広にネクタイが何か窮屈そうで、
きっと作業服がよく似合う人なのでしょう。
話し方が自然で、きどりのない、少年のような純粋さをもった人です。

（小石原　昭）

おいかわ・いたろう

1939年岩手県生まれ。地元の中学校卒業後、家業の大工をはじめとして農業・林業・酪農などを経験。62年から、釜石の建設会社を皮切りに建設業の仕事に従事。66年、国道45号線のトンネルの工事でディーゼル機関を使った掘削方法を提案、採用されてトンネル掘削の記録が塗りかえられた。74年、マルイ舗装設立、83年から産業廃棄物のリサイクルをはじめる。

小石原　一九九八年、僕の会社の企画室の者が御社を取材していますので、業務の内容はひととおりわかっていますが、マルイ舗装は単なる舗装会社ではありませんね。

及川　道路の舗装と建物の解体からはじめ、建物解体のときに発生する廃棄物や、ほかから持ち込まれる廃棄物をすべてリサイクルして、商品として販売しています。

◉——都市には鉱山も森林もある

小石原　どんなものがありますか。

及川　廃アスファルトが再生アスファルトに、廃コンクリートが道路の路盤材に、廃木材が木炭に、ガラスビンがアスファルト骨材に、三陸名物の牡蠣《かき》の殻が水質浄化剤になるんです。廃棄物も元どおりのものにしようとすると膨大な費用がかかりますので、別のものに再生します。どんな物にも一つの役目を終えたら別の形で生き返る道があるんです。どれもみな処理料をもらって引きとって、それをリサイクルして製品にして販売していますから、お金が二回入ってくる。現在、年間約二十億円の売り上げになっております。他社に比べてコストが安くできるので、入札競争では他社に遅れをとったことがありません。お客様のニーズにはいかようにも対応できるようにしております。舗装の仕事は、鹿島道路や大成道路など、大手の下請けで受けますが、親請けはやりません。下請けだとどこからでも仕事が来ますけど、親請けだと他の親請けから仕事が来なくなるからだめ。だから私は、うちは上請けだといつも言ってます。

小石原　発想の転換ですね。

及川　一日にスクラップを二十トン処理して六万円もらっているんですが、二十トンの鉄を鉱石から取り出すためには鉱石が二百トン必要で、そのためには二千トンの岩山を切り崩さなければならない。二千トンで六万円にしかならないんです。でも、建設廃材は効率のよい都市鉱山だから引き合うんです。同じように、解体家屋は都市森林なんです。

小石原　東京でも、家庭や飲食店から出る使用済み植物油を回収して精製し、ディーゼル車の燃料にして販売している人が、「都市油田を掘り起こしているんだ」と言ってますよ。

及川　この地球上に捨てるものなんて何もないんです。新しい価値をつけ加えれば、物はすべてよみがえる。これがつまり利再来《リサイクル》ということです。メビウスの帯のように、無限に循環させればいいんですよ。

◉――人間のやったことに無駄はない

小石原　今日は到着早々、あなたの各事業所のいくつかを、たっぷり見させていただきましたが、ずいぶんいろんな機械や設備があるんですね。機械はよほどお好きなんですか。

及川　好きですね。機械の改良が趣味です。全部、自前の装置なんですが、私はこのとおりからだが小さいので、人に負けないようにやるには機械を使うしかない。でも、どのみち人間は素手ではたいしたことはできないと思いますが。

小石原　自分で図面も引いて。

及川　引きません。現場で考えて、漫画のようなイラストにして、懇意にしているメーカーに渡すとつくってくれます。マニュアルがないとつくれないのはただの溶接屋です、その会社は違うんです。

小石原　僕の会社には茶室があって、そこを手がけた数奇屋大工の中村外二さんも設計図なんていらない人でした。聞けば聞くほど、中村さんとは違った意味で、ものの成り立ちがよくわかっていて、現場にも通じているんですね。

及川　岩を掘り起こすことから、道路をつくること、いろいろな計数管理まで、社員がやっていることは、すべて自分もできるようにしています。社員にはかならず、やって見せて学ばせます。

小石原　自分のできないことは部下に命じないということね。儲かるからと大企業がお金だけ出して社員にやらせても無理ですね(笑)。ところで、いつごろから、こういう仕事をやろうと考えはじめたんですか。

及川　中学校二年生のとき、土建業の会社をつくろうと心に決めました。ですから、スポーツもやらないし、進学するつもりもない。ひたすらそのための手段、方法を考えつづけました。実際は六二年からこの業界に入ったんですけど、それまでは下積みです。いろんな仕事をしましたが、長かったのはダンプの運転手です。ダンプが壊れないように自分で考えて改造し、「仕事は体力より知恵でするもの」ということをからだで学びました。たとえば、エンジンの動力を後輪に伝える回転軸が折れたら厄介なので、軸の途中にある継ぎ手の四つのボルトをあらかじめ三つにしとくんですよ。すると、無理な力がかかったとき、軸ではなくボルトが先に折れる。ボルトだったらすぐ修理できますし、値段も安いですからね。ダンプは、スピードを出さずに休みなく走り続けることが大切で、当時のサラリーマン一ヵ月分の給料を一日で稼いだこともまれではありませんでした。

小石原　僕は会社の若い社員に「人間のやったことに無駄はない」、「若いときの苦労は買ってでもせよ」と言いつづけているんです。若いときから、もらっている月給やボーナスのことだけ考えているようじゃダメで、そのあいだに何を身につけるかがいちばん大切なんです。それで、今度はおたくから廃棄物が出ることはあるんですか。

及川　ありません。ぜんぶ利再来《リサイクル》しています。機械も、ほとんどは中古品を改良して使っていますから、廃棄物をもって廃棄物を制しているわけです。とにかく、再利用が見込めないものは、どんなにお金を積まれても処理を引き受けません。それと、うちは営業マン、ネクタイしめた人がいません。仕事そのものが営業なんです。だから仕事をやらせてもらっているのではなく、仕事はやってあげているんです。あなたが私に仕事をくれてあなたが得したら、また私に頼むでしょう。得しなかったら二度と来ない。いいものを、安く、早く、という儲かる仕組みを作ったほうが勝ちです。

小石原　私以外に役職はなく、仕事のできる人がそのつど現場のチーフになる。社員は関連会社を含めて現在百四十人。私が毎日夕方、翌日の作業スケジュールを全部チェックして、朝の全員ミーティングで今日の組み替えを発表する。明日の目標を前日にしっかり固め、段取りよく働き、毎日々々その日のノルマをきちんとこなしていけばいいんです。社員全員が、舗装もできれば重機もダンプも動かせる、お金の計算もできる、いわば多能工なんです。社員一人あたりの売り上げは一日十万円を目標にしています。

及川　社員全員が自分で原価計算をし、自分で応対できる、プレイングマネージャーですね。企業は体質が勝負ですから、そういう体質に仕立て上げられたのはすごいですね。

会社を継続させていくためには、私のコピーを何人つくるかなんですよ。いかに私のもってる技術を継承できるか。でも、いくら伝えてもできないやつはダメですよ。辞めなさいとは言わないけど、できることだけをやらせて、処遇は仕事の出来映えに対する成果主義にすれば、自然に良い結果に結びつきます。

小石原　その見極めがうまいんですね。でも、ダメな人でも、あるとき奮起したり、人生観が変わったように頑張る人が、たまには出てくるでしょう。

及川　十五年やって何とかなった社員がいます。お前も大変だったけれど、ようやく一人前になったなぁと言ったら、涙をぼろぼろ流してましたよ。給料がぜんぜん上がんないと不満を言ってくる者もいますよ。一所懸命やってるんだけど上がらないと言うから、私は、給料の前払いはないんだと言うんです。一年過ぎてみんなと同じぐらいやれるようになったら、その次の年から上がるんだと……(笑)。たまに、うちの会社に不満があって、会社の悪口を言うのがいるから、私は、良い会社をさがして移っていいよと言うわけ。なにがなんでもいなきゃならないというものじゃないから、いいとこがあるなら結構ですよと言うわけです。

小石原　及川さんが言われると、みんな当たり前のように聞こえるんだけど、多分、それは誰もできないでしょうな。なぜでしょう。

及川　私が創業者だからできるんですよ。私がやってるうちは大丈夫です。言いたいことが言えますからね。その次の人になったらどのようになっていくか、まだ確信はありません。

小石原　私企業の経営者は私公混同であるべきです。社長も役員も社員も、自分の私的なもののなかで、会社の役に立つものがあれば、全部を会社に投げ込む。センスであれ、才覚であれ、会社にぶち込みなさい。そうやって私企業はまわるんだと僕は言ってます。

及川　雇われ社長は留守番ですから、社員のクビを切っても、赤字を出さなければいい。いまは労働者のクビを切っても、赤字をつくらない社長が尊敬される時代ですからね。

小石原　その前に株が上がる(笑)。

●――産廃業は装置産業

小石原　ごくごく普通のことを楽々と話されるが、日本中が全部、これをやったら、ゴミ問題は片づいちゃいますね。そもそもゴミ処理は、全部民間に任せられないのでしょうかね。民間に任せたら何か支障があるんですか。

及川　ないです。役人の数が減るだけです。

小石原　だいたい、タバコを国が専売している国なんて、日本を含めて世界で五ヵ国くらいしかない。日本でも昔は私企業が販売していたんですよ。

及川　ある先人が専売制にしたんでしょう。

小石原　私企業がやっていたものを役人が取ってしまう。JRも、僕に言わせれば民営になっていません。ゴミ処理もマルイ舗装のやり方を参考にして民間企業がやったら、いまよりずっと効率的にうまく処理するでしょうにね。役人は前例と手続きだけで生きていますから、こういうやり方はできないでしょう。

及川　それでもいま、この宮古市にすごくいい役人がいるんです。三年前からつき合ってるけど、その人が担当者になってから、生ゴミ処理に微生物が必要だというのをちゃんとやってくれる。いいことはいい、悪いことは悪いと、直すように言う。どう直せばいいんですか、こう直せ、はい直します、それでいいんですよ。

小石原　最後は人です。事業も人なり。官も人なりです。そういう人が順調にトップまで出世してくれるといいですね。

及川　今後、廃棄物処理法が改正されて、一般廃棄物、産業廃棄物の区分けがなくなるようですが、そうなったら、ゴミ処理は市町村の固有業務ではなくなるわけです。その段階で民間がタッチする可能性は大いに出てくると思います。ただ、産業廃棄物処理業者のなかには、あまりにも不見識な人も多いんです。

小石原　捨ててしまえばおしまい、後は野となれ山となれ。産廃業界を変えないとね。業界名を資源再生業と変えればいい。そうすると今度は埋めるわけにも、焼くわけにもいかない。

及川　見識のある意志の堅い人に代表権を持たせないとこの商売はできません。結局、装置産業なんですよ。利再来《リサイクル》のための装置が不可欠なんです。だからうちは再加算方式で、利益はすべて装置類の投資にまわしてきているんです。このあいだ、お役人や国会議員もメンバーの産廃業界の会議に出席したんですが、話を聞いていますと、業界の人たちは法律が厳しくて経営がダメになるから何とか規制を緩和してくださいの一点張りなんです。それで私は言いました。われわれがこの人たちにいくら頼んでも法律は緩くなりませんよ。公害を撒き散らさない装置をつくったらいいじゃないですか、と。そうしたら、装置はお金がないからできない、と言うから、それならやめたら、と言ったら、やめたら生活できないと言うんです。私が、国がお金を貸すというんだから、借りてやったらいい、と言うと、補助金ならいいけど、借りてまでやりたくないと、こうなんですよ。

小石原　農業と同じ。とにかく交付金、補助金、助成金、返さなくていいものを何とか政治家に頼んでもらおうという。

及川　おっしゃるとおりです。「いままで煙を出しながら燃やしてきて、それで儲かってきた。社長のカネでもなければ、社員のカネでもない。そのカネはどうなったのか。それで装置をつくっていたら、いまごろこういうことにならなかったのでは」と言ってやりました。いま、規制緩和の大合唱ですが、産廃業界はもっと厳しくしなければダメですよ。

小石原　そうしないと環境が大変です。廃棄物は資源だという見方を定着させないとだめですね。

及川　そうです。厚生省はそうじゃないんですから。

小石原　そこがおかしい。昔、多摩のほうへ仕事で足を伸ばしたことがあったんですが、緑したたる環境のなか、どこの学校の運動場もアスファルト舗装されていました。こんな緑のなかを、なんで舗装しなきゃならないのか疑問に思って、学校の先生に聞いたら、いまのお母さん方は、子供が校庭で転んでもアスファルトの上だったらいいけど、土の上だったら土に含まれた毒が傷に入り込む、と学校に怒鳴り込んでくるので、舗装しているという返事でした。京都大学霊長類研究所の河合雅雄元所長にその話をしましたら、「土に毒性を発見したらノーベル賞ものだ。土そのものに毒なんてない」と笑われましたよ。

◉捨てるものは何もない

及川　最近力を入れているのが、道路を切り開くときにできる傾斜面、法面《のりめん》に花や草木を生い茂らせる基盤材の生産です。いま、このあたりは三陸縦貫自動車道の建設工事が進んでいますが廃棄物ゼロをうたう建設省の意向で、うちの法面基盤材が使われているんです。

小石原　成分は何ですか。

及川　木材チップ、アスファルト廃材、牡蠣殻の粉末、木炭の四つで、すべてうちで調達できます。アスファルトの原料は大昔の動植物が変成してできたものですから、植物の栄養になる成分が含まれているんです。有効微生物、いわゆるＥＭ菌の研究も進めていて、浄化消臭剤や肥料、あるいは生ゴミを堆肥にする促進剤として製造販売しています。

小石原　バイオもやっているんですね。

及川　あと、九九年にやっと、これまでずっと解決方法を探していた廃プラスチック処理のメドがつきました。岐阜県のあるメーカーが開発した装置の存在を知って、早速購入しました。ポリスチレン、ポリエチレン、ポリプロピレンといった、燃やせば有害ガスも発生するプラスチックを、数百度に加熱分解、液化させて、原料である石油に戻す装置です。一日二トンの油が採れ、自社のいろんな装置の燃料にしています。

◉──道徳と実学が足りない

小石原　おたくは業務そのものが偉大な社会貢献ですね。日本中、ゴミの山でみんな困っていますからね。地中から出るものといったら温泉だけの完全な無資源国家の日本だって、江戸時代のように勤勉と節約が徹底していれば、物質がきれいに循環していたんですよ。これは慶應義塾大学速水融《あきら》元教授の説ですが、江戸時代、鎖国状態の日本には、節約とリサイクルを旨とする勤勉革命が起こったというんです。同じ時期にヨーロッパで勃興した資源浪費型、機械依存型の産業革命とはまったく逆の動きですね。糞尿はもちろん、便所の落とし紙まで再生して使っていたことが、両国の江戸東京博物館に行くとよくわかりますよ。いまでもやればできるはずですが、悲しいかな、勤勉と節約の大切さを教える道徳というものが世の中からなくなってしまっています。

及川　一九四五年に日本が戦争に負けて日教組ができた。教育には、知育、体育、徳育が必要なのに、戦後教育には徳育の部分がすぽんと抜け落ちてしまっています。その結果、自分中心の利己的な人間ばかりこの国にあふれています。教育が根本的にダメなんですよ。私は「才能は人徳の召使い」と言うんです。才能はあくまでも人徳につき従うもので、こんな当たり前のことが、いまの学校教育ではまるっきり教えられていない。

小石原　もうひとつ、いまの教育に欠けているのは実学の思想ですよ。

及川　そうですね。私は実業家ですが、この仕事には学問も必要なんですよ。私のやり方は、まず実行してあとから学問で裏づけしていく方法なんです。でも、先に理論で仕事を覚えるのは大変なんです。うちの若い社員でも、仕事のやり方を紙に書かせると立派に書けるんですが、実際にやらせるとできないんですよ。

●——人間に運はない　実行あるのみ

小石原　どうしてあなたのような人ができたのでしょうか。僕はもともと文学青年あがりだから、そればっかりに興味があるんですがね。いちばん楽しいのはどういうときですか。

及川　仕事ですよ(笑)。

小石原　仕事にもいろいろあると思いますが、どんな段階がいちばん楽しいですか。

及川　実行する手前がいちばんいいんじゃないですか。発想をしているときは心がバラ色に燃えているわけですけれど、そのときがいちばん面白いですね。

小石原　私が若かったころに一緒にやった友人が、「俺はお前より一所懸命頑張ったが、運が悪くてダメだった」と言うんです。私は運なんてないと思う。実行するかしないかだ。「あなたは、そもそも実行できないことをやろうと思ったからできなかったんだ」と言ったんです。自分にお金がないのに無理に借りてきてやるから、赤字が出て借金も払えなくなってしまう。急にやろうと思うからダメになる。要するに実行方法が悪いんです。
「意志」というアフォリズムがあります。「人が何ごとかを意志すれば必ず実現できる」と言いつづけてきた人の前に現れた男が、「あなたは成功したが、私だって子供のころからお金持ちになりたいと意志しつづけてきた。でも、あなたはお金持ちになっているのに私はなれなかった」と言ったら、その人は「たしかにあなたはお金持ちになりたいと意志してきたでしょう。しかし同時に、朝、もう少し寝たいと意志しなかったか。あるいは夕方、みんながまだ働いているとき、早く帰りたいと意志しなかったか」と言うと、その男は黙ってしまった。お金持ちになりたいという意志はあっただろうけど、現実にはそのつど、怠けたいという意志を優先してきた結果、いまのような貧乏になった。という話です。普通の人だと艱難辛苦の努力話になるのに、あなたはそれを明らかに楽しんじゃってる。話は廃棄物に戻りますが、あなたに任せれば、あの豊島の問題も抜本的に解決できるんじゃないかな。

及川　豊島は国内最大の産廃集積地ですが、二十年以上前から、産廃業者が不法投棄をはじめています。実は、ここが選挙区の国会議員が、解決策はないかと二回も私を訪ねてきてるんです。いちばん厄介なのが、一部の業者がいろいろな混合廃棄物や自動車のシュレッダーダスト(破砕くず)を大量に捨てたので、ダイオキシン、PCB、水銀、ヒ素、カドミウムなど有害物質がしみ出して、水質汚染、大気汚染がはじまっていることです。たまった廃棄物を撤去せよという裁判が行われて住民側が勝訴したんですが、撤去は進んでいません。でも、これは見方を変えれば、重金属やガラス、プラスチックなど、資源の宝庫ですから、有用な物質を回収して稼げばいいんです。

小石原　マルイのやり方をやるわけね。本日は目から鱗が落ちる話をいろいろとありがとう。

どう変えれば日本は再生するのか

教育が変われば日本は変わる

Yoichi Mukoyama

向山洋一

真のプロフェッショナル教師をつくるための技術を探求する教育技術法則化運動代表

むこうやま・よういち

1943年東京都生まれ。東京学芸大学社会科卒業。優れた教育技術を教師の共有財産にする「教育技術法則化運動」（通称TOSS）代表。千葉大学非常勤講師、上海師範大学客員教授、月刊『ツーウェイ』（明治図書）編集長、日本教育技術学会常任理事。主著『授業の腕をあげる法則』（明治図書）、『学校の失敗』『学級崩壊からの生還』（ともに扶桑社）、『どんな子だって勉強ができる子になれる』（PHP研究所）。

向山さんは理路整然たる熱血実践教師です。
これほどの情熱をもって、日本の教育を憂えるホットな教師には、これまでお目にかかったことがありません。
教育技術を習得していない教師がはびこるなか、
大きな夢と、練達した技術をもって子供たちに接している向山さんと話をしていると、
かつて教職の経験をもつ僕のからだに、熱いものがこみあげてきました。

（小石原　昭）

◉——教師が教え方を知らない

小石原　僕も旧制の女子専門学校、いまでいう女子短大での教師の経験が二年あるから、職員室の空気は少しはわかります。今日最初にお聞きしたいのは、「いまの教師は授業のやり方を習ったことがない」とお書きになっていますが、僕のころの高等師範学校では、教え方を厳しく教え込まれたんで、あなたのご本を読むとあまりにも情けない。

向山　まったく情けないですよ。戦後すぐに、戦争への反省から、それまでの教育をすべて否定して、教育の技術、方法も全部カットしちゃいましたから。全国各県にあった師範学校もなくしてしまった。そこから技術とか方法というのは追求してはいけないという空気が教育界にずっと流れてきちゃったんです。

小石原　全国各県ぜんぶにいくつかずつあった師範学校は学芸大学に。師範学校と五年制中学校の卒業生が行く高等師範学校は日本中に二つしかなかった。広島高師がいまの広島大学の母体に、東京高師は筑波大学の母体になったわけです。

向山　それで今度は、大学の教育学部の教授になる人は、教育とほとんど関係なかったところから来て、昔は高等師範学校出身だとか、現場を経験した先生が相当数いたわけですが、今度は、授業をしたことがない、教えた経験がない人が教師になる人間を育てるんですから、授業のやり方なんて、いまの教師は習ったことがないんです。

小石原　将来教師になる学生に、教え方を教えていないなんてむちゃくちゃですね。

向山　いま教育実習は三週間くらいはやるわけです。でもそのときは、担任の先生がお膳立てしてくれますから、子供たちは一応静かにしています。それで、自分はもうちゃんと授業ができると思っちゃうわけですよ。ところが、教師になって実際に自分で始めたら、早い人は二週間で授業がぐちゃぐちゃになっちゃいますからね。

小石原　先生のおっしゃってるのは、僕の場合だったら、広島高等師範学校の在学中に、付属小学校に教生で行ったことを言われているわけでしょう。

向山　そう、教生です。

小石原　付属の生徒は馴れているんですよ。そんな子供にうまく教えたからって、そのままうまくいくわけがない。いわば八百長のようなもんですね。

向山　そう、まさに八百長のようなもんですよ。その八百長のようなもんをやっただけで、自分はもう大丈夫だと思っちゃうわけです。

小石原　あなたのご本は、そもそも学級崩壊も、教師の授業をする力が弱いことから発生すると書いてありますね。

向山　全部というわけじゃありませんが、八割がそうですね。それで私が教育技術法則化運動という研究会を十六年前につくったんです。最初は、何が技術だ、何が法則化だと教師の友人さえも反対したわけです。仲がいいのが十人ぐらいいまして、採決しましたら九人反対で、賛成は私一人なんです。よって一人でやろうと可決したんですよ。そして三年で日本一の研究団体になりました。六百サークルで六千人います。教育界にも社会党系、共産党系の研究団体がたくさんありますが、いまその研究団体すべてを合わせても、私たち一つのほうが規模が大きいんです。たぶん若い先生方、二十代の先生方の九五%はうちに来ています。

小石原　いい話ですね。その六千人の先生方のなかには、あなたが評価して、これは名人だわいという教え上手もたくさんいるんでしょう。そういう人たちはどういう素質、またはどういう努力をしたらそうなれたんでしょうか。

向山　身銭を切ってでも学びたいという人です。だからカネを使わない人間はダメです。身銭を切って学びなさいと。金額でいうと、いまから十七年前で百万円、研究会でもいいし、本でもなんでもかまわない。いまだったら三百万円くらいの感じなんでしょうか。

小石原　それはどのくらいの期間に三百万円ですか。

向山　それは最初からでいいですよ。とにかく三百万円、研究用の本でもかまわないし、どこかセミナーへ行ってもかまわないから。本を買うにしても、研究会に出るにしても。

小石原　サラリーマンも同じです。一円でも会社の費用で払うという人は伸びないですね。
向山　そしてやっぱり子供がいとおしくて、その子供を何とかしようと思っている人です。
小石原　その職が好きな人だ。
向山　そうです。

◉――教師を評価する基準がない

小石原　「学級崩壊に関するマスコミの報道はでたらめだ」とあなたのご本にありますが、具体的にはどういうことですか。
向山　はっきり言うと、NHKと朝日新聞なんですよ。学級崩壊の問題を考えたとき、学級崩壊から生還した教師の発言がいちばんわかりやすいんです。たとえば、重病のガン患者が完治したという話と、ある患者がなぜガンになってしまったのかという話とでは、どちらを人々は聞きたいかというと、当然治ったほうの話でしょう。ところがNHKや朝日の報道は、なぜ学級が崩壊してしまったか、それしかない。私たちは、自殺しようか、教師をやめようか、という学級崩壊の淵から生還した教師の実例を全部、実名で本に出しているわけです。これを読んでどれだけの教師や親が救われたことか。マスコミがダメだというのは、生還した例を一つも報道しないで、「たいへんだ、たいへんだ」と騒ぎを大きくしてるだけなんです。

私たちはまず評価の基準が違うんです。大切なのは、子供が変化し、できるようになったという事実と、教師自身が腹の底からズシーンと感じる手ごたえなんです。この二つだけがうちの評価の基準なんです。ほかの研究団体はみんな口先だけですから。子供が生き生きしていたとか、頑張ったとか、美辞麗句を並べるだけ。事実は何も出てこない。

小石原　「元気にやりましょう」とか「頑張りましょう」とか抽象語の羅列だけはやめてもらいたいね。

向山　ほんとにそう思います。算数の市販テストがありますね。うちの研究会で市販テストをやると、平均点が九十点以上になるんです。ほかは平均点六十点ぐらいです。平均点六十点ということは、五点、十点の子が三人や四人はいるんです。教科書を丁寧にそのとおり教えるのがほんとはいちばんいいんですが、いまの日本の教育界の主流は、教科書は悪い、だめだといって、ぜんぜん使っていません。テストをやればテストの問題が悪いっていう具合ですから、どこの研究会へ行っても、テストの平均点の話なんかしません。つまり、子供の事実が出てこない。ですから最近、日本人の数学の力がすごく落ちている。英語試験のＴＯＥＦＬも国際的に見てほぼ最下位ですものね。

小石原　ひどいですね。

向山　教え方が悪いんです。教科書をちゃんと教えることのできる先生なんて、百人に一人もいませんから。

小石原　まったくしょうがないね。僕は現代文学を教えてたんですが、当時僕は、明治、大正、昭和の近代詩を二百篇はソラで書けたので、毎回ひとつの詩を黒板に書いて、それを説明することで、作家論、音韻論、国語も、文法も、文学史も、全部できました。

向山　とてもいい授業です。私は小学校五、六年を持ちますと、それこそ「昨日またかくてありけり」から始まって、『平家物語』だったら「祇園精舎の鐘の声」、それから「百人一首」をずらっと暗誦させるんです。子供は記憶させると喜ぶんです、自分が賢くなったと思うみたいですね。私は絶対させたほうがいいと思います。

私はよく先生方に言うんですが、授業がうまくなりたかったら、終了のチャイムが鳴ったらそれで終われと。そして始業のチャイムが鳴ったらちゃんと職員室から動き出せと。

小石原　動き出さないんですか。

向山　お茶を飲んでいるんです。全部じゃないですが、三分の一くらいいるんです。

小石原　それは学級崩壊というより職員室崩壊ですよ。

向山　遅れた分、やるからいいと思っているんでしょう。私は教師になって三十三年たつが、授業の開始が遅れたり、一分でも延長したのは十年に一回です。ほんとうは零回と言いたいけど、神様じゃないので、もしかしたら延びていることがあるかもしれないから。そもそも授業のプロだというんなら、基本のスタンスから始まって、そのうえで能書きたれろと言いたい。私の行った職場では、私はもちろんチャイムが鳴れば立ちますから、そうするとだんだんそれは波及していくんですね、時間はかかりますけど。

小石原　とてもいいことだ。

向山　教師の世界はダメですよ。ほんとに死ぬ気で心を入れ替えないと。

小石原　僕はずっとあのまま学校にいなくてよかった。当時いちばん不愉快だったのは、日教組が強く出てきましたね。日教組ができたのは一九四七年でしょう。私が教師をやっていたのは四九年だから、一所懸命勧誘に来るんですけど、僕はとうとう最後まで入りませんでした。何をしたいんだと聞くと、要するに賃上げだけなんですよ。われわれは教育者である前にまず労働者であると。ほかはないんだ。だからカネ、カネ、カネというい まの拝金国家のもとは日教組ですよ。子供は親の背を見て育つだけじゃなくて、先生の背も見ているんです。結局、先生が朝から晩までカネの話をしているのを見て育った子供が第一世代ですね。

◉――ネット上に教師の駆け込み寺

向山　いま、実は私はインターネットをやりたいと思ってるんです。インターネットはものすごい勢いで増殖してますが、教育の情報は無意味なものしかないんですよ。たとえば各学校がいろんなホームページをつくっていますが、どういうものかというと、校舎が映り、校歌が流れ、学校の歴史や運動会の写真なんかが出るわけです。そんなのは教師にとって何の役にも立ちません。私たちは、教室で役に立つ、お母さんたちに相談されてもすぐ対処できるためにということで、十七年間、運動してきたわけです。出した本も六百や七百はあるし、教育雑誌も五つか六つ月刊誌でやってきましたが、始めたときに二十一世紀に解散すると決めてたので、来年で解散するんです。それでちょうどインターネットの時代になって、インターネット上に、授業や生徒指導の面で、先生が困ったときの駆け込み寺みたいに、そこを見れば対処できるような教育の巨大なサイトをつくりたいんですよ。それには力がある教師が千人くらい必要なんです、全員がボランティアで。それを全部編集すると世界一のものになります。これまでの活動で得た財産を全部そのなかにのっけたい。モットーは三つで、「どこよりも早くアクセスできる」「どこよりも具体的に役に立つ」、しかも「無料」です。URLはhttp://www.tossland.netです。現在、二千三百サイト。世界有数の教育情報システムです。国際会議でも紹介されています。

小石原　それはいい。

向山　五百年も千年も残っていくような知恵の書にしたいわけです。教育で役立つものをどこかに残したい。インターネットの時代に、この仕組みをつくらなかったら、いまの時代に教師をやっている俺は何をやっていたんだ、という感じなんです。

小石原　それは素晴らしい。ただ、インターネットで伝わってくる情報があっても、フェース・トゥ・フェースはまた別ではないですか。

向山　フェース・トゥ・フェースでやるべきことを、インターネットで代用させては絶対ダメです。両方ともちゃんとしなくちゃいけないということを、最後の項目で私はつけ加えたんです。フェース・トゥ・フェースは、とっても大事なことですよ。お医者さんが触診や打診でやっていることは、インターネットでは代えられないですからね。

小石原　みんな人間関係ですよ。それに、どんなにメディアが発達しても、実際に人と会って話をすることの大切さは忘れてはいけません。モニターから動物磁気を受けることはあり得ないと思いますよ。みんながワープロやるから、逆に手書きの手紙が、昔と違ってすごい価値が出てきている。僕は毎日手紙やファックスをもらうけど、手書きでくるとやっぱり真っ先に読みますね。

教師の世界にはリストラがない

小石原　先生の評価というのはどうなっているんですか。

向山　評価はぜんぜんないですよ。優秀な先生もだめな先生も全部同じです。

小石原　それじゃあ芸者と同じじゃないですか。超ベテランで日本一の三味線を弾く芸者も、踊りもできない芸者も、線香代は同じですよ。ただ優れた芸者には心づけがたくさん入る。先生は心づけもないでしょう。平等かもしれないけど、限りなく不公正ですね。どこで修正されるんですか。

向山　いや修正されません。今度ようやく少し評価を形にしようという動きがありますが、それがお金にまでいくにはまだ二十年くらいかかるんじゃないですか。

小石原　二十年もかかるんですか。何もしなくても、努力勉強している人と同じお金がもらえるなんて変な世界ですね。企業だと能力がない社員はリストラされるんですが、教師はそういうこともないんですか。

向山　ないんです。

小石原　おかしいですねぇ。学校が企業体で、仲間みんなが稼いだお金を分けているんならまだいいでしょうが、みんな税金や助成金ですよ。教育が一種の聖域になっていて、関係する人間以外は口を出しちゃいかんという空気のもと、能力のない人を税金で養うのは異様です。いま、日本社会でいちばん問題の、歪んだ既得権のひとつですよ。

向山　そうです。ですから今度、品川区が通学区域を自由化したじゃないですか。十校のなかから好きに学校を選ぶ、あれはとても革命的な出来事なんです。

小石原　教師の質を調べて、良い教師が多い学校に行くという段階まではいっていないんですか。

向山　いかないんです。でも、あの先生が担任になると登校拒否が出ちゃう、子供がダメになっちゃうという先生のいる学校には、自然に子供が行かなくなるんです。

小石原　それだけでもたいへんな進歩だ。

向山　これからさらに五、六ヵ所で始まるんです。まわりが動き始めれば、すごい奔流になっていくんです。学区を選ぶということだけで、大きな効果が出てきます。入るべき子供たちが入って来なくなりますから、校長先生はだめな先生をどうにかしなくちゃいけなくなるわけです。

小石原　なるほどね。

●平等思想が日本をダメにする

向山　日本だけではなく、アメリカでも公立学校は地に墜ちていて、崩壊が始まっているんですよ。いまでも百万人ほど、積極的に学校に行かせない親がいるんだそうです。それでどうするのかというと、親が家で教えるわけです。そこからチャータースクールができたんですよ。チャータースクールというのは、個別に正規に学校をやってくれるところを教育委員会が集めて、やりたいならどうぞ、こちらからそちらに予算を回しますという、これが二、三年前にできてから、猛烈な勢いで増えて、アメリカではもう千校を超えているんです。第二の公立学校ですよ。いままでの公立学校とどこが違うかというと、教育委員会と契約するわけです。これこれの成果をあげますとか、こういった特色が生きるようにやりますとか。それを日本に、自民党が導入するというんです。日本でもチャータースクールが自由にできるんだったら、私は学校を辞めてでもつくりたいです。

小石原　イギリスでは優秀な教師を、スーパーティーチャーと認定して、給与面で優遇したりしているんですが、同じことが、なぜ日本ではできないんでしょうか。

向山　みんな平等だという平等思想です。これは教師だけじゃなくて、税制に至るまで、みんなそうじゃないですか。

小石原　これもおかしいですね。

向山　共産主義の中華人民共和国でも、特級教師とか、一級教師とかがあるんですよ。

小石原　等級ということを異常に拒否する社会が、日本では五十年以上続きましたからね。品質を評価しないんだなぁ。社会の病気だな、これは。

向山　これから日本も少しずつですが、変わっていくと思いますよ。

小石原　それはいいことですね。

◉――『幼学要綱』を復活させたい

小石原　あなたのご本で見て、これはいい言葉だなと思ったのは、「戦争が終わるまではあまりにも滅私奉公で、私をなくして公に尽くせといわれすぎた反動で、五十年前に一瞬にして滅公奉私になった」と。なった瞬間の気分は、当時僕も十八歳だったからよくわかりますよ。しかし、それがそのまんま五十五年間も固定してきたのは異様ですね。

向山　振り子の修正をしなかったんです。

小石原　まさに滅公奉私です。滅公だから、公の立場もなければ、人のために尽くす気持ちもない。ただ私の権利を求めるだけというのが既得権社会の風潮ですから、とてもじゃないがいい社会とはいえないですね。

向山　同感です。

小石原　道徳の教科書だって、八方美人につくってありますが、どうやって使っているんですか。

向山　使いようがないんですよ。こうなんです。読むでしょう。読むと必ず、違う意見が出てくるんですよ。すると、どうやったらいいのと子供同士に話し合わせて、結論が出なくても終わりですよ。私はやっぱり道徳の本のなかで最高だと思うのは、明治天皇の侍従がおつくりになった『幼学要綱』ですよ。これは、たとえば生命なら生命、勇気なら勇気と書いてあって、それに対して事例がある。中国から選んだものが多いんですけれど、その文章の力強さといい、説得力といい、この『幼学要綱』を私は再び復活させたいですよ。人間の生き方の本質について迫っています。

小石原　しかし、世界で日本ほど悪い国はないという史観に凝り固まったひと塊の人たちの影響力で、教育界は五十何年も動いてきているんですかね。

向山　よほど第二次世界大戦の敗戦のショックがすごかったんじゃないですかね。

小石原　わかります。私はその時代を生きてきた人間ですから。

向山　それと、すべてのものが総括されてこなかったことです。評価がされてこなかったことですよ。評価がないとどれだけ堕落するかというのは、社会主義社会が示していますよ。

小石原　この五十年間に日本が失ったものが何年で取り返せるのかわかりませんが、遅すぎるではすまされない問題です。

向山　そうです。国があるかぎりはやらなくちゃいけないことですから。

小石原　今日は長時間、ほんとうにありがとうございました。

男がもっと個人の意見を言わなければ

大宅映子

Eiko Oya

生活者の立場から、政府委員会・調査会・審議会で難問解決を提案する評論家大宅さんは、この男社会に、頂門の一針を呈しつづける論客です。ある会合でお目にかかった折、その政府関係会議への兼務の多さにおどろいて、ゲストを依頼したわけですが、結果は大正解。とかくクローズされがちな公的委員会の内情を、手にとるようにディスクローズしてくれました。
生活者として、また一人の主婦としての、観察眼と発言に、時として、恩師大宅壮一先生の片鱗を偲びました。

（小石原　昭）

おおや・えいこ

1941年東京都生まれ。国際基督教大学卒業。文化イベントの企画プロデュースのかたわら、マスコミ界で国際問題、国内政治経済から食文化、子育てまで守備範囲広く活躍中。政府税制調査会、行政改革委員会などを歴任。労働省雇用審議会、衆議院議員選挙区画定審議会、建設省国土開発幹線自動車道建設審議会、厚生省医療保険福祉審議会委員。主著『私の雑草教育』（三水社）、『だから女はおもしろい』『いい親にならなくていい』（ともに海竜社）。

●――意図的に女性を加える「審議会」

小石原　ようこそいらっしゃいました。早速ですが、今日は役所の話をうかがわせてください。役所の話というのはだいたい悪口に決まっていますが、はじめから悪口に決まっている話なんてちっとも面白くないから、今日は悪口とか褒めるとかじゃなく、あなたが目にした実態を話してください。

いま、政府の調査会、審議会委員、懇談会などのメンバー、いったいいくつぐらいやっているんですか。

大宅　いまは正規のが四つ、プラス二くらいかな。

小石原　よくスケジュールをこなされますね。

大宅　今度も警察刷新会議と教育改革国民会議に入りましたが、新しく審議会に入るとほかの仕事ができなくなるだけで、毎日の忙しさはほとんど同じです。最近、国家公安委員会委員の年俸が二千六百六十万円だということがわかりましたよね。週に一回、木曜日に二時間半くらいで、ボーナスまで出るんだから。警察刷新会議ができたときに、よかったですねと言う人がいっぱいいるわけ。二千六百万ももらえると思ってね。冗談じゃないですよ。一回二万円くらいですよ。あんまりお金のことを言うと下品なんで、言いたかないんだけど、単純にそう思ってる人って世の中にたくさんいるんですね。

小石原　あれを刷新するんだから、もっと多いんじゃないかと思う人もいますよね。役所は下調べして人選したなと思われますか。それとも案外いい加減と。

大宅　いい加減です。とくに女を選ぶときなんて、あらかじめ女のリストがあるわけですよ。よく審議会「等」っていいますよね。ほんとの審議会は法律で定められた審議会で、警察刷新会議も教育改革国民会議もみんな私的懇談会で、そんなの山のようにあるんです。「等」のなかにそういうものが全部入って、そこに女性を入れるべしというのが政策に掲げてあって、私が最初になったころは七%とか八%、まだ一桁でしたが、いまはもう二〇%いったんじゃないですか、女性を意図的に入れますからね。

小石原　このテーマは女性が主体にならなきゃいかんとか、場合によっては女性は要らないじゃないかとか、そういう判断はないんですね。

大宅　何でもかんでも女ならいいんですかと聞いたら、そうだと言うんで、私は怒ったんです。これほどの女性蔑視はないでしょう。この審議会にはあなたの経験や知識が必要だからぜひにと言われるんならいいけど、あなたメスだから入ってくださいという、そんな話はないでしょう。ただ人数が足りないことは確かなんです。審議会に入ってみてつくづく思ったのは、日本の男社会のしがらみですよ。男の人は個人の意見を言わない。みんな組織の意見しか言わない。いつまでたったって組織を守るための意見だから、改革なんか進むわけがない。みんな保身、わが身大事ですから。

小石原　いまの日本の大きな問題ですね。

◉――この国を変えるには……

大宅　会議で発言しない男ってほんとに多くって、ちゃんと言っていいのに、その場では言わないわけ。お互い意見が違うのはわかっている人たちがいますよね。たとえば、大企業の社長と労働組合とか。ある方が発言するでしょう、パッと反対とおぼしき人が手を挙げる。これは論戦になるなと思うと、違うんです。「あなたのおっしゃることは重々ごもっともです」と認めるところからはじまるの。私はあなたの敵ではない、というメッセージを出したうえで、最後にちょっと反対意見を言う。時間が足りないんだから、反対意見だけ言ってほしいと思うんだけど、相手をバッサリ斬ったら返り血を浴びちゃうから、意見はあるのに言わないんですよ。

私は個人です。夫もいるし、失うものは何もない、クビだと言われたら、そうですかといつだってやめることができる。風穴を開けるために私はいると悟ったので、意図的に、ちょっと揺すぶるために過激なことを私がバサッと言うと、冷たい空気が流れる。みんな私に反対ならまだいいんだけど、散会して外に出ると、うしろからトントンと背中を叩くおじさんがいる。振り返ると、「いやぁ、大宅先生のおっしゃることはごもっともで」と。ごもっともならさっき言ってよね。会議では言わないで、終わってから言うの。こんなことやっているあいだは、日本は改革できませんよ。

組織の論理だけでやっている点はすごいですよ。官も悪いし、政治家が悪いのも確かだけど、われわれ一人ひとりが変わらないかぎり、この国は絶対変わりません。全体の底上げをしようというのがいまの日本のシステム、それには一人ひとりの豊かさとか、そういうことは考えてないわけでしょう。日本というものの底を経済的に上げようというだけの話なんでしょう。貧しい時代はそれでよかったの。だけど世界に冠たる経済大国になっているのに、全部まだそのシステムのままなわけですよ。談合で、いちばん歩みの遅いところに歩調を合わせ、もっと伸びる会社がいくらあっても、業界全体が底上げできないあいだはよけいなことしちゃだめ、という。銀行が最たるものですよね。その結果ぜんぜん力がなくなっちゃってる。豊かさが組織で止まっちゃってるんです。個人一人ひとりが豊かになるような組織になっていない。しかも個人の側もお上《かみ》に任せたほうが楽だから、何もしない。

◉——組織にはびこる「三ず主義」

小石原　金融ビッグバンが始まったあと、大銀行のトップの方と飲んだら、いままで羊だったような人が狼になっちゃって、酔っぱらっているわけじゃないのに悲痛な声で、「われわれは全部こうやって責任をとらされているけど、これまで長いあいだ役人がやってきた裁量行政と行政指導、その裁量責任、指導責任を役人はまったくとらない」と激白する。そういうことは昼間言われたらと言うと、これが言えないんですね。

大宅　いま役所に変な倫理規定ができているでしょう。あれ、異様ですよ。人間として認めていない。人権侵害にならないんでしょうか。

小石原　いままでは仲よく一緒にご飯食べていたのに、「すみませんがしばらくのあいだは」って。いろいろ聞いてみると、ワリカンでもだめ。

大宅　ワリカンでだめならどうしろっていうのかしら、変ですよ。友達の息子の結婚式に行くのも、たまたま業界関係者だったりするとだめなんですってね。役人がまず食べて、残りのカネをしたたらせるだけだから。私は十三年間「あまから問答」というテレビ番組をやっていましたが、なんでこの人が大臣になるのというような人が後から後から出てくる。みんなにまんべんなく大臣の椅子をあげましょうという組織運営で、待っていたら順番でなれた人たちだったんですね。

小石原　戦前だと、高橋是清が七回も大蔵大臣になったように、ベテランがいたんですがね。

大宅　戦後でも、私が物心ついたときは、大臣になった人に鯛を届けに行くとか、なんかそれらしい人がなっていたというイメージがあるんだけど、いまは全然違いますもの。

小石原　何でもかんでも、あらゆる人を平等にしなきゃならんという……。

大宅　そうです。国土の均衡ある発展というのをずっと掲げてきているんですよ。均衡は同じということじゃないはずでしょう。だけどすぐ「地方の格差」という。一人当たりの所得に格差があることは確かで、また、東京にいろんなものが集中しているのも間違いないけど、田舎に行ったら、広い空と、緑と、いい空気と、広い家と、通勤時間の短さと、一人一台、車をみんな持っているんです。それでかつ東京の賑わいや文化、アクセスを全部よこせなんて、それは無理ですよ。「ざまぁみろ。東京にはないだろう、この鄙びたよさが」って、それぞれが誇りを持って共存していくのがまともな社会だと思うんだけど、東京が人材を吸い上げたとか、だからみんな交付金をもらうのは当たり前みたいな話。どこかの企画が当たると、みんなで見に行って、同じようなことをやろうとするでしょう。なんでよそがやっていない、自分たちだけのことをやろうって思わないのかって、とにかく不思議でしょうがないですよ。倉敷にデンマークのチボリつくってどうするんですか。志摩半島にスペイン村があったり、このあいだ館山へ行ったら東洋のリビエラと書いてある。なんかリビエラ風の交番というのが建っていましたよ。バカじゃないかと思って、私、恥ずかしくなりました。

小石原　官も民もいまでは同じ体質になってきましたね。

◉──硬直化した既得権で身動きできない社会

大宅　行政改革委員会で規制緩和をやりましたが、大都市に大学まで集中させちゃいけないというんで、規制している法律が工場等設置制限法。「等」の中に大学が入っている。なぜ工場と大学が一緒なのかわからないんですが、大きな工場や大学は大都市につくらせないという。国土の均衡ある発展ということで、みんな地方へ行かされたわけですよ。大学には建物を基準にして、六倍だかの平地が必要だと法律で決めてある。それにしても六倍は広すぎるというので三倍に下がった。それでも、大学になぜ建物のほかに三倍の運動場が必要なんだと、文部省に聞きました。そういうものがあるおかげで大学の新規参入が阻害されている。古くてニーズに合わない大学はつぶれて、都会に社会人も行けるようなものができてもいいのに、三倍の土地といわれるとできないと。そしたら、繁華街にペンシルビルのような大学ができたら困ると言うんです。いったい誰が困るんですか。行きたい人がいなければ、つぶれてなくなるだけで、それを困るって、どうして文部省が判断するの。新規参入を望む人に、なぜ空間が三倍要るのかという説明をする責任があるでしょう、と申しあげたら、最後に、得も言われぬ空間が必要だ、と言う。

小石原　得も言われぬ？（笑）。突如、文学的表現になるのね。

大宅　笑いました、笑いました、大笑い（笑）。

小石原　言ったのは役人ですか。

大宅　そうです。行政改革委員会の規制緩和についての意見交換会で一年間、日本中を回ったんです。そしたらみんな規制緩和反対。いままでどおりがいいという人が圧倒的。だって既得権を持っている人が意見を述べに来るんだもの。規制で守られている人は既得権を放したくないから。

小石原　長い日本の歴史のなかで、たった五十年のあいだにできた、ものすごく多くの既得権のなかには、いまの時世に合わなくなっているものが山のようにありますが、そういうものをぶち壊さないとね。既得権でこの社会はもう身動きならんところへ来ていますよ。

大宅　だからそういう人たちが規制緩和をいやだというのはわかる。既得権を持たない人たちは、規制緩和すれば、もっと安いサービスが受けられるかもしれない、もっといい品物が生まれるかもしれない、もっと新規参入できるかもしれないのに。

既得権を持たない人が、私たちにも何かやらせてと言ってくれれば話の筋は通るんだけど、そうじゃない。自分が損しなくても、もしあそこが規制緩和で失業者が出たりしたら、隣りのおじさんはガソリン関係だからそれはいやよ、かわいそうよ、とか、きっと言いますね。みんながあまりにも優しすぎるんですよ。

小石原　農協とか、みんな既得権を持っていますね。その組織は既得権持っていても、傘下の個々の農民は特に潤っているわけでもないのに、なぜそんなに守りたいんですかね。

大宅　わかっていないとしか言いようがないですね。関西空港をつくるときに、漁業補償をどれだけ払ったんですか。あそこの人たちはワカメをとっていただけですよ。

小石原　外国の友人に、日本の漁業補償を説明しても、金額や期限など、全然理解できない。異常ですよ。消費者団体のおばさまみたいのが出てきて、規制緩和反対です、と言うのよ。

大宅　規制緩和だけじゃなくて、企業は悪だと思っている。企業は悪、競争も悪。お上からいただくものがいちばんいいと思っている。つまり、共産主義ですよ。本人は自覚してないかもしれませんが、発言聞いていると、そういう人がすごく多い。たとえば、外国の農産物輸入自由化反対は、外国のものは残留農薬が多いので食べさせられない、と言うから、じゃあ買わないでください。売れなければ輸入しません。そうすると市場から消えます。その決定権は私たちが持っているんで、お上が許可したから食べなきゃいけないというわけじゃないんだから、いやだったら買わないでちょうだい。そういう発想がないんですね。お上が許可したものは食べなきゃいけないと思っている。

税調委員になったら祝電が

小石原　世界比較調査で、日本ほどヘクタール当たり農薬投与の多い国はないのに。

大宅　でも農家は、自分のところが食べる作物だけには使わないでしょう。

小石原　そうそう、自分たちが食べるものには農薬を使わないそうですね。

大宅　外国というだけですぐ悪いというのは偏見だ、と言ったんです。外国産だろうと、日本産だろうと、どういう農薬を使っているのか厳密に表示しろと言うんなら、まともな消費者団体として認めますけどね。

小石原　ところで、政治家や役人の言葉で「聞きおく」というのがあるけど、あれは何もしないということでしょう。

大宅　「聞きおく」スタイルも過去にはありましたけど、このごろはみんなが見張っていますから、昔にくらべたらわりと減りました。いまひどいのは、与党へあがってからひっくり返る。医療費の高齢者負担とか、参照価格制とか、医師会が自民党に申し入れると無しになっちゃう。最初のころの税調もそうでしたけどね。私たちは大所高所から考えて、それこそ石原都知事がやった外形標準課税なんて、昔から一所懸命言っていたんですよ。それはそうと、審議会が勲章にすごくかかわるってこと知ってますか。点数があるんですって。

小石原　あれ、積算しますからね。

大宅　座長とか委員長やるとポイントになるし、格の高い審議会というのもあるんですよ。私が税調の委員になったときに、祝電がきたんだもの。

小石原　へえ。

大宅　何じゃこりゃって、私びっくりした。祝電もらうステータスとは知らなかったから。胡蝶蘭も届きましたよ。男社会、企業社会では、税調の委員になるのが、すごい名誉だということが、そのときはじめてわかったんです。

小石原　そういう委員をやっててよかったなというのはどんなことですか。

大宅　決定過程を見ているのは面白いですもの。行政改革委員会の規制緩和で教育をやっていたとき、学校を親が選べるようになりました。あんなの前からできるんですよ。みんな地方の教育委員会に権限委譲されているんで、勝手にやれるのにやってなかっただけなんです。親が選べるようにしようと言ったら、文部省は何て言ったかというと、これはもう地方の教育委員会に渡しているんで、それをちゃんとやれということは規制の強化になりますよと、こういうふうに言いましたよ。
去年の四月からコンビニでドリンク剤が売られるようになってますね。あれも規制緩和でやったんです。私たちがもっとやりたかったのは、風邪薬とか解熱剤とか歯痛の薬とかは、夜中に痛くなったときに薬局を叩き起こしてというわけにいかない。コンビニは二十四時間やっているんだから、そのくらいのものを買えるようにしたいというのがあったんですけど、そりゃあ薬局の反対がすごかったんです。全国決起大会みたいなのがあってね。それを審議会でやって、一件でも副作用の例があった薬は全部だめなんですよ。ワーッと薬が出てきて、専門委員というのが全部チェックして、「浅田飴」がだめだというわけよ。

小石原　なんで「浅田飴」が？

大宅　「浅田飴」は高血圧の人が飲むと、あの麻黄という生薬が重篤なる副作用を起こす。

小石原　そんなバカな、永六輔さんが聞いたら怒るよ、それ(笑)。

大宅　あれはどこか地方の普通の人の資格で入っている委員なんですが、コンビニで買えることに対して反対なんですよね。いまの薬屋は建前上は薬剤師がいて、服務指導を行うことになっている。

小石原　富山の置き薬が許可になっているから、あの置き薬の品目だけ置いてもいいはずですよ。

大宅　あれだって薬剤師はいないんだから。ただ販売人が置くだけだから。日本人はほとんどバカだという前提で、なにかお上がコントロールしようと思っているわけですよ。笑ったなぁ。

●――教育の抜本改革は企業の採用基準に鍵がある

小石原　さっきことごとく官僚化していると言いましたが、考えてみると、亡くなった丸山真男さんが、戦争がすんだ直後に「日本の官僚制は膨大な無責任の集積体系だ」と喝破しましたが、いまはもう官僚だけじゃなくて、大集団、大企業ことごとくそういう傾向になっていますね。どうやったら責任を逃れられるかをまず考える。個人的なリスク回避だけに長けちゃってね。

大宅　そもそもリスクを負うという発想がもうないでしょう。

小石原　ない。それから自分が何をしたいかということがないんじゃないですか。

大宅　そこなんですよ。もっと発意というか、自分が何をしたいか、何が楽しいか、ということがあって、人間はじめて伸びるんでね。いまの子供たちを見ると、考える前から、はい六歳ですから小学校へ行っていただきます。中学です。高校です。いい会社へ入るために大学に入らないとだめですよ。会社へ入っても、まだ何をやりたいかもわからない。

小石原　少なくとも四十年以前だったら、学校を選ぶのは、何をしたいか、何を学びたいかということでした。哲学をやりたいので、東大じゃなくて西田幾多郎先生がいる京大へ行く、工学系統で金属をやりたかったら本多光太郎先生がいる東北大学へ行く。医学の心療内科は池見酉次郎《ゆうじろう》先生がいる九州大学へ行くとね、みんなそうしていたんです。いまは先生なんか関係ない。最終的には官庁や大会社の採用部門が悪いんですよ。採用基準を変えないとね。

大宅　変わりはじめていると思いますよ。だって企業は人材がすぐ響くわけだから。いままではお辞儀の仕方も知らない、電話のかけ方も知らない人を雇って、お給料を払い、研修をやっていたけど、もうそんなことやっていられない。最近、千葉大が飛び入学を始めましたが、あれもわれわれの一つの実績なんです。でもそれは、物理と数学で希有な才能を示す者だけだという。なんで物理と数学だけなの。音楽だって、かけっこだっていいじゃないのと言ったら、文部省は「大宅さん、やっとここまで漕ぎつけたんです、ここまできただけでも褒めてやってください」だって。鉦《かね》や太鼓でやったんですよ。それって変でしょう。ほんとは自分のやりたい何かがあって、それをやるために休みをつくったんならいいんだけど、そういうものは何にもないんだから。

小石原　それに少子化で子供がどんどん少なくなるでしょう。中国は一人っ子政策で、平均の経済力のわりに、子供ばかりがめちゃくちゃにいい洋服を着てますが、笑っちゃいられませんよ。日本だって同じ。子供まで親の見栄に使うんだ。とくに母親がね。

大宅　親父が母親をちゃんと牛耳らないからですよ。

小石原　親父は女房に牛耳られている。

大宅　自分の女房くらいちゃんと躾《しつけ》てもらわないと困るって（笑）。

小石原　根本問題ですよ。

大宅　いつも言うんだけど、父親がなにもおむつ取り替えてくれるとか、だっこしてくれるとかという話じゃなくて、存在として必要なんですよ。いま、日本の男性は「男」を発揮する場がないんですよ。戦争もないし、力仕事もないから。でも私、それだけが男だとは思いません。父親は家庭のなかで社会の代表であるべきです。小学校、中学校にも社会人が先生になって行けばいいんですよね。あんなの簡単じゃないですか。退職した人のボランティアで行けばいいんだもの。

小石原　そうなんですよ。この社会でいろいろ戦った人が行って教えるほうが、免許だけとって、父兄と子供しか相手にしたことない人より、よっぽどましな話ができるでしょうね。

小石原　本来、仕事と名のつくものは、本質のどこかにはサービス業の要素があるはずなんです。教師だったら生徒が消化できる話をしよう、相手が興味をもつ話をしようとか、官僚も、納税者の立場に立って行うサービス業なんですよ。大企業も銀行も、サービス業的要素が必要なんですがね。

◉——国家意識がなくなった日本人

大宅　そういう面はよくなる傾向は見えずに、悪くなる傾向です。それに日本は、自分たちに都合の悪いことがあってはならぬ、ないことにしようという発想なんですよ。

小石原　いま、風俗でも市民権持っちゃって、風俗の宅配便、デリバリーヘルスまで横行してますね。世界でもシステムとして売春を宅配する国はないわね。それを公的に認めているんですよ。そして、女郎屋をなくしたからわが国は売春はないのであると演説をぶつあたりは、とても常軌を逸していると思うんですがね。そのためにエイズが蔓延しているんだから。昔は管理していたからある程度は押さえ込まれたけどね。

日本には昔から、「見んこと清し」という言葉がある。いやなことは何でもないことにしようというんですね。偽善国家ですよ。

大宅　いじめてはならぬとかね。いじめなんて人間である以上するに決まっているじゃないですか。いじめはあるもんだ、人間はそういう存在なんだ、だけど行き過ぎちゃいけないのよ、と言えばいいんですよ。いじめの根絶とか書いてあるけど、そんなこと無理。人間やめるしかないと思います。

小石原　もう一つ、この国で五十年かかって根絶したのは国家意識です。いい国家意識はほんとは要るのに、国家意識そのものがあってはならないと教えてきている。

大宅　そうそう、国家意識イコール軍国主義。

小石原　戦後、民間企業より給料は少なくても、国を何とかしなければと思った人が官僚を志した。でもいまは必ずしもそうじゃない。はじめの給与は民間企業より少なくても、生涯所得が高いからという計算する人が増えている。だから辞めたあと、天下りがなくっちゃ困るわけだ。

自民党が悪いんだ、官僚が悪いんだと言うけど、いま、あなたにうかがっていると、あなたの実感としては、大衆社会のほうが変わる社会を望んでいないわけね。

今日はほんとうにありがとう。

Shoichi Watanabe

世の中を明るくするにはまず税制の抜本改正を

渡部昇一

現代の歪んだ状況を糾弾しつづける博覧強記の英語学者、文明評論家渡部さんは大碩《せき》学です。

既存のまちがった権威に対し、永いあいだ、終始、憶することなく、遅疑逡巡せず、自ら正しいと思った意見を、自信に満ちて述べつづけてこられました。

それにしても驚愕すべきは、そのおどろくべく豊かな学殖と、構想力の鋭さ、論旨の明解さです。

話し言葉がそのまま原稿になる、数少ない論客のひとりです。


（小石原　昭）

わたなべ・しょういち

1930年山形県生まれ。上智大学大学院卒業。上智大学教授。英語学・言語学にとどまらず、歴史、日本文化、発想法など、博学と鋭い社会評論で知られる。日常生活の中に自分の知的空間をつくるための平均的日本人に実現可能なさまざまなヒントやアイデアを説いた『知的生活の方法』（講談社）は、知的ブームのさきがけとなる。主著『腐敗の時代』（文藝春秋・日本エッセイストクラブ賞受賞）、『ドイツ参謀本部』（クレスト新社）、『日本史からみた日本人』（祥伝社）、『何が日本をおかしくしたのか』（講談社）。

◉——マニュアルなしでは生きられない人たち

小石原　あなたの『知的生活を求めて』のなかで、ダーウィンの言葉を引用されて、「人間に必要なのは自分の人生に対する態度をしっかりすること、未来に希望をもつこと、世俗的な立身出世とは無縁の志をもて」と説いておられますね。

渡部　いまの日本は、子供のときから、自分が何をやりたいかわからないで育っている。あれこれ全部親がやらせる。僕らが育ったときは、親なんか上級学校がどんなものであるかも知らないから、全部自分で考えたでしょう。いまは大学の卒業式に父兄が来たりしますからね。

小石原　社会に入っても、そのままずっといくんですね。マニュアルがないと何もできない。女の口説き方から何から、全部マニュアル本になっています。本で学んでも、もてるわけがない。きわめて個別的なことで本来マニュアルにはならないことを、みんなマニュアルに頼る。それにどういうわけか、書いてるのは大学の先生が多い。そういえばご本のなかで、大学の先生は時間がたっぷりあるが、それは本来、生徒にちゃんと教えるために家で勉強する時間だから、ふつうのサラリーマンのように、在宅時間を全部私生活に当てるのは汚職だ。ことに旦那は時間が自由なんだからと、家事を頼む女房はけしからん、犯罪人だ、言語道断だと言われていますね。

渡部　みんな実話です(笑)。先生の中にはエレベーターのなかで立っておれず、しゃがみこむ人もいる。

小石原　まだ六十代で。病気ですね。

渡部　病気というより衰えですな(笑)。気力がなくなって、その結果、体力がなくなったということです。大学は医学部とか理工学部は学校へ行かないと実験ができないから学校へ行くんですが、文科系は大体自分の書斎でやることになってるんです。

小石原　その人は文科系ですか。

渡部　はい。その人は本を一万円買おうとすると、奥さんが自分のものも一万円買うんで、自分が必要な本も買えない。業績は一切あがらない。ここ三十年間、論文一つ書いてない。著述一つない。講演一つやってない。研究発表一つやってない。何を教えてるのか知らないけど、いちおう学校で時間割はもってます。でも、ものすごく肩身が狭い。

小石原　狭いでしょうな。

渡部　そうすると気力がなくなって、その気力の衰えが肉体にくるんでしょうな。

小石原　病は気からですからね。

渡部　病ならはっきりしてるんですがね(笑)。大学の先生は自由時間が多いから、家でごろごろしていたら使いやすく、洗濯させたり、料理させたり、ついには、奥さんが、私はボランティアに出るからあなた留守番してよとなる。これは僕は汚職だと思うんです。

小石原　そうですね。

◉——かぎりなく低きに流れる平等主義

渡部　これも大学の先生としては褒められたことではないんですけど、予備校で教えるにしたって、限られた時間ですからまだ救いがある。でも、家事は限りがないんです。だから家事はこわい。地震、雷、家事、女房、家事をやったら学者は一巻の終わり(笑)。でも大学は、基本的に教師はクビにできませんな。

小石原　それがおかしい。業績もあがらない、あれもない、これもないといったら、ふつう肩身が狭くって学校から出て行くべきですが、それがないんですね。

渡部　学校を休みはじめたら問題になるかもしれませんけど、教壇に立ってさえすれば、何しゃべってたってわからないですから。学生は、先生が進歩しなくたっていいんです。学生のほうがある程度進歩すると出て行ってくれますからね。四年間教える最低の知識があれば、あと永久にいいわけです。精神衛生学者の土居健郎さんの名言ですけど、「大学はほんものの精神病患者でも勤まる唯一の職場である」と言うんです(笑)。登校拒否教師

「永いおつき合いのなかで小石原さんからいくつもの教訓を得ましたが、その一つは“財産を減らさないで死のうと思うな”ということ」と語る渡部昇一氏(右)と小石原氏
竹葉亭本店(東京・銀座)で

というのが多くて、そういう登校拒否教師が、たまに登校したがるから困るんで、もっと休んでいなさいと説得して回る役の人が、東京都に何十人もいるんですね(笑)。競争というと、入学試験の競争ばかり言うんですけど、学校同士の競争をさせなきゃだめなんです。石原慎太郎さんがようやく学区をなくしてどこにでも行けるようにしたんで、少しは競争ができるようになった。僕は学校をもっと、親と子供の選択にさらさせなければいけないと思います。都立高校でも、まず男子校と女子校と混合校をつくって、これを選ばせないといけない。男子校だけのほうがいい、女子校のほうがいい、混ざってるほうがいいということになると、だいぶ違ってくるはずです。

小石原　それはそうですね。

渡部　さらに教師も、ここの高校、あるいは中学は日教組だけ、ここは日教組は一人もいない、ここは混じっているということを明らかにして、生徒や親に選択させる。そして多いところは増やす。生徒が来ないところはつぶしていく。それをやらなきゃだめです。これがほんとの教育における競争で、入学試験の倍率だけを競争と考えるのは大間違いです。

小石原　そういえば、受験科目がどんどん少なくなっていますね。

渡部　どんどんアホになっていくんですよ。中学の英語の必須単語が百個だというんですから。単語が百個です。百個で、何をやるんですか。これなら学校は要らないと思いますよ。夏

小石原　休みに二ヵ月ホームステイすれば、百個ぐらい使えるようになります。

渡部　どういう流れであんなことになるんですか。英語だけでなくて全科目ですからね。

小石原　悪いほうに合わせている平等主義です。平等主義というのは、下にしか合わせることができないんです。

渡部　全部、低きについているわけだ。

小石原　かぎりなく低きにつく。そのうち低能レベルにまで落としたら、みんなついてこられる授業になるわけですよ。

●――相続税をなくせば世の中が明るくなる

渡部　それを最終的に受け入れる社会や親は、なぜ学校に言わないんですかね。

小石原　平等主義です。経済で平等主義をやろうとしたのはロシア革命で、私有財産を廃止して相続権も廃止しました。そうするとみんな貧乏になっちゃって、官僚と武装関係者だけが豊かになったんです。学問でそれをやると、いちばんできないやつに水準を合わせる。

渡部　公平でなく、単なる結果の平等。

小石原　徹底的に何もなくなるんです。ロシアは金《きん》の埋蔵量は世界一だし、石油もアラビアぐらい出る。森林資源は無限だし、大穀倉地帯がある。にもかかわらず、七十年間共産主義をやってみたら、芸術も何もなくなってるんですよ。ボリショイバレエ団とかは残ってるけど、あれは旧王朝時代の訓練を続けさせただけで、新しくつくったものじゃない。僕が税制審議会委員になったときに……。

小石原　何年なさったんですか。

渡部　一九八七年からですが、一期三年でクビになりました。

小石原　一期でクビになるのは……。

渡部　まず例がない(笑)。税制審議会委員になってくれと、主税局長が挨拶に見えたんです。僕はその人に、経済政策では徹底した自由主義を信奉したオーストリアの碩学・経済学者ハイエク教授から、日本の所得税は一律一〇%前後でいいはずだと聞いてるけど、主税当局はいかがお考えですかと聞いたんです。そうしたらその人が、いまの日本たばこ産業の水野勝会長ですが、「即一律とらせてくれたら一〇%は要りません、七%でけっこうです」と言うんです。荒っぽくいうと国内総生産は五百兆円、一割とれば五十兆円、七%で三十五兆円です。現実にとってるのはわずか二十兆円ですから、七%で御の字なんですね。ただ、所得の低い人からはとるわけにいかず、そのほうを免除すると七%でなくて一〇%、せいぜい一二%です。

小石原　日下公人さんなど、一円でも収入があればとるのがほんとうの公平なんだと言われますね。

渡部　それがほんとの公平なんですがね。次に相続税ゼロという僕の提案は、相続税の税収は年間二兆円ぐらいなんです。そうすると、相続税がとれるのは消費税の一%ぐらい。だから相続税ゼロにしても、国家財政がどうこうというものではないんですよ。スイスなどは、とらない州がいっぱいあります。とっても二%以下ぐらいです。だから何の資源もないスイスが金持ち国家になったんですね。

もう一つの提案は、遺言状は百%有効で遺留分なし、とする。そうすると世の中が明るくなる。中小企業の人だって、ある程度齢をとると、事業より何より、死んだときの相続税がどうなるかばっかり考えて憂鬱になる。赤字であれば安心して死ねるけど、黒字だったらものすごく損するような感じになるという不思議な社会。

小石原　だいたい中小企業のオーナーの方々は、四十代になればみなさんたいてい考えてます。

渡部　そうすると、何となく活力がなくなるんです。世の中暗くなるんですよ。多くの仕事で成功してる人も、全部心のなかに恐怖心を抱くようになる。いつ自分のプライバシーが税務署におかされるかわからないという恐怖心。恐怖心は、その人の精神全体に影を落とし、戦後日本人が臆病になった一つの理由だと思います。

相続税がなくなれば中小企業の人も仕事に没頭して安心して死ねるし、どんなに儲けても、十億円儲けても一億円納めればあとのカネはどう使ってもいいとなったら……。これで日本も明るくなりますね。

小石原　なるほど、わかりやすい話です。

◉――日本の安全保障のために

渡部　たとえばバブルの頃の日本の土地の高価さ。皇居の広さでカナダ一国が買えるとか、環状線の中の土地の値段を合算したらアメリカの土地を全部買えるとか言っていましたね。その高い土地が頻繁に売買され、そのたびに、取引価格の約半分が国のふところに入ったんです。そのカネはいま、いずこにありや。雲散霧消です。
ある研究会で大蔵省のエリート官僚に、あのときのカネはどうなった、と聞いたら、大蔵省は幾ら税収があっても貯金するわけにいきませんから、と言いました。個人はどんなに無駄遣いしたって、何か残りますから、自分がためたおカネは全部、遺言状で勝手に分けられるようにすると、子供がみんな親孝行になるんです。奥さんがよくサービスをする。いまはどんな悪い女房だって、亭主が死ねばまるまる半分もらえると思っている。

小石原　いまは、奥さんは旦那が働いているリアリティーがない。給料がみんな振込みでしょう。

だから札束と亭主の関係がわからない。毎月何日になれば口座に入ってますから。昔は、月給日やボーナス日にご主人が帰ってくると、お父さんの好きなお酒やビールを、お燗したり、冷やしたりして待ってて、一品多くついたりする。

渡部　ボーナスは神棚に上げるとかね。

小石原　子供を含めて、お父さんが働いているために家におカネが入っていて、この家の経済を支えてるんだというリアリティーが家庭にない。無意識に、おカネはまるで天から降ってきたもののように思ってる。

渡部　それから、遺言状の遺産の遺留分がよくない。親と喧嘩して飛び出した親不孝者も、ちゃんともらえるんですからね。

小石原　多大なカネを残して死なれても、子供のできが悪いと最低ですよ。みんなで争って、収拾がつかない。

渡部　僕の提案のようにしますと、日本に世界的財閥の一族が国籍をとりにくる。これが安全保障につながるんです。たとえばロスチャイルドの一族が日本国籍をとりますね。彼らの行動様式はそういうパターンで、世界中に家族をばらまいているんです。日本に来ないのは、税金をとられるからなんです。

小石原　ビル・ゲイツも来る(笑)。

渡部　すると、黙っていても安全保障ですよ。日本に対してアメリカが変な政策を押しつけたら、日本人になっている彼らが電話するわけ。変な政策を押しつけられて困っていると言うと、向こうの叔父さんか誰かがワシントンに電話する。それで終わるわけ。

小石原　スイスと同じだ。

渡部　そうしなかったら日本の安全保障は、日米安保条約だけで、軍事的にかぎられていて、経済などで不利な面があります。

小石原　なるほど。ところで最近しきりに警察の民事不介入が結果的に大きな問題を起こしていますが、阪神淡路大震災で、自衛隊が十分に動けなかった社会の体質、警察が犯罪を知ってもすぐには動き出せない社会の体質は、どこか狂っていますよ。

渡部　僕の考えでは、総量規制からはじまって、全部マルクスのマインド・コントロールに落ち着くんです。日本社会には、私有財産が何かいかがわしいものだという罪悪感がある。私有財産の弁護にまわるようなことが言えないんです。このマインド・コントロールを取り去るためには、どこからいくか。マルクスが主張したことのうちの一つだけは完全にマインド・コントロールがとれた。生産手段の公有化、国有化はだめだということは世界中が認めましたから、いま残っているのは税制なんです。だから私はすべてが税制というわけです。私有財産を守るという精神もそこからこなければならない。

私有財産を守るという精神から発する税制の改正を、二〇一〇年からやると発表する。すると、貧富の差が大きくなるという反論が出る。そこで重要なのは、貧富の差は大きいほどいいという発想です。貧乏のために人が死ぬ、これはいけないから、セーフティーネットは必要です。飢えず、凍えず、雨露にあたらず、最低限必要な医療は受けられるよう保障する。この情報をいまから世界中にじゃんじゃん流すわけです。日本は今後一〇%以上の所得税と相続税はとらないようにしますといえば、世界中の大企業が本社を移してきますし、日本人自体が住みやすく明るくなって、この国は栄えると思います。いまの日本の指導者たちの根底は、基本的にマルクスのマインド・コントロールにかかっている。それは、インテリの世界的な風潮でもありましたね。イギリスなどはそれから抜けるためにはサッチャーが必要だった。しかし、サッチャーが出たときはすでに遅かった。資本はだいたい逃げていましたからね。

◉——財産を減らして死のう

小石原　これは二十年ぐらい前の話ですが、当時、コート・ダジュールからイタリア半島、スイスあたりを動くときは、いつもニーノ君という運転手を頼んでいたんです。当時の日本はこわいものなし、リラなんか紙屑のごとしだから、円をもっていけば王侯貴族の気分です。だが彼は、「日本人がみんな馬鹿に見えてしかたがない」と言う。その頃、イタリア経済はどん底でした。「私たちイタリア人は、大統領から乞食まで全部脱税してるから、政府に財産はありはしない。万年赤字。でも、いまの世界では、どんなに赤字が増えても国家がつぶされる心配はありません。世界中で何とかしてくれる。私の家に来てください」と言うので行くと、ミラノ市内の上流住宅街でパティオのあるいい家なんです。

渡部　ほう……。

小石原　「私たちはこんな暮らしをしている。そのかわり政府にはカネがない。イタリア人が思うのは、カネというのは国の金庫にあっても私たちの台所にあっても国のカネだ。だからわが国は貧乏じゃない。私が接触する日本人は、イタリア人からみたら貧乏だというんです。なぜかというと、お国では働いた果実は残らず政府がとってる。政府の帳尻だけは大きいから世界中からそねまれ、どんどんもぎとられている。日本人はどうしてそれがわからないのか」と言う。いまも状況は変わっていないですね。

渡部　変わっていないです。いちばん馬鹿らしいのは、国連分担金ですよ。アメリカは二五％だけど、あまり納めない。日本は二〇％を超えてます。しかも、国連の常任理事国じゃないから決定的な発言はできない。にもかかわらず、常任理事国の中国は〇・九九％でまあ一％、ロシアは一％、イギリスは五％、フランスが六・五％かな。全部合わせても日本の半分ちょっとなんですよ。安全保障理事国五ヵ国のうちの四ヵ国を合わせても、日本の六割ぐらい。ろくに納めないアメリカは、それで国連を牛耳ってる。日本がカネを出さなかったらどうするんですか、という感じですよ。それなのに発言力はない。あんなところにやるんなら国民の税金を安くすればいい。ODAなんかやることはない。文句いわれたってODAをやらないから攻めてくる国なんかないです。むしろ中国なんか、日本のODAで武器を調達しているから馬鹿らしいですね。

小石原　以前あなたと対談したとき、日本人が世界の人から馬鹿にされるのは、日本人一般の実生活に知的な体験が少ないからだと言われました。その対談はバブルの絶頂期です。カネが日本中にうなってた。だけど、日本人の実生活の知的体験にはカネが使われていないとおっしゃっていました。そして『知的生活を求めて』に書いてあるのは、とにかく身銭を切らなければだめ。刀の目利きになる確実な方法は、いい刀を自分が所有することだ。これが日本の社会では非常に少ないとおっしゃっていますね。もっともいまは身銭を切ろうにもできないのかもしれません。でも、いまでもアンダーグラウンド、アウトサイドには、信じられないような金持ちがいる。僕もそういう人を知っていますよ。

渡部　いますね。

小石原　その人たちはほとんど例外なしに、生活の内部がひどい。とにかくキンキラキンが好きで、テレビのバラエティ番組に出る芸能人が最高の人だと思っていて、その人たちが愛用するような店や、どんなにデザインが悪趣味でも、食物がまずくても、お世辞だけはいいような店を好むとか。なぜかそういう人は、奥さんが似合わない帽子をかぶっていることが多いとかね。何か流れがあるんですよ。

渡部　……(笑)。

小石原　いまの社会は生活文化が二極分化してます。おカネが身につかない社会ができてしまっている。もともとあれだけの高度成長とバブルが身につかなかったところへ、今度はカネがなくなっているんですから。

渡部　ほんとの大金持ちは、都市周辺の農家です。一反歩売れば何億という人たちの生活を僕も見ていますけど、馬鹿みたいなものです。知的要素がない。

小石原　税制は悪いけど、何とか子供に残したい親心。税金をとられてもなお残すようにしようと、信じられないほど生活をつましくしている人をお互いに褒めあって、使う人を悪く言うんです。趣味の悪い成金どもを悪く言うのはいいですよ。ただ、おカネを持っているというだけで、見境なく悪く言う。見境なく使わない。だから知的生活どころじゃない。生活自体が貧困になるんです。

渡部　味で向上しているのはラーメンだけだという説がある。ラーメンだけは、ものすごい競争ですから(笑)。

小石原　言いえて妙。以前あなたがおっしゃった大蔵省の高官のこと。永いあいだ文化的な生活をしていないで、六十歳を過ぎて、退職金もらって、天下りして、年収三千万円は入るようになる。だけど、六十過ぎたら文化生活の訓練ができてないから、収入があっても文化的な生活ができないと言われました。そういう実在の人の話をされましたね。

渡部　それに天下りの後の年齢では、食欲も減少する。

小石原　おカネには使う時期があるんですよ。イキのいいときに身銭を切らないといけません。

渡部　ちゃんとしたところで食べたり、遊ぶためには、生活の教養がないとね。

小石原　ちゃんとしたところはカネだけ持って行ったって相手にされません。そうするとカネを持ってるやつほどひがむわけですよ。世の中はカネさえあれば何でも通用すると思ってたやつが、そうじゃない目に遭うわけですから。そうするとそういう場所がいやになって、ノーパンシャブシャブがいちばんいいということになる。

渡部　そういうところは、カネさえ出せばストレートにサービスするからね(笑)。

●――イキのいいカネを使うべし

小石原　最後の到達点は歴史や伝統の要らない場所になるわけです。

渡部　ところで、奥さまと、坊ちゃんもお嬢さまも、桐朋学園大学音楽学部のご出身ですね。

小石原　はい。

渡部　スコットランドにいらしたとき、皆さんで家族音楽会をなさってた。ピアノをやったり弦楽器をやったり、すばらしい。そういうのが知的生活だと思いますが、おカネだけあってもできませんからね。

小石原　僕は子供には、膨大なカネを使いました。ご存知のようにいい楽器というのはマンションニつ分ぐらいしますすし、海外の偉い先生のレッスン謝礼は、スタンダードで一回一万円です。それでアメリカ、フランス、イギリスと好きなように勉強させたおかげで、いま、好きなことで食っていけてますからね。うちの子供は、青年時代に悔いなしと言っています。僕が死んだ後に残したとしても、子供たちは齢とっていますから、そのときにカネをもらったって、それから修業するわけにいかんのです。借金してでも高い楽器を買ってやれば、若いときならそれを使って音楽家になれる。こっちが齢とって死んでからカネを残して、あっちは五十過ぎてるなんていったらどうしようもない。ですから

小石原　子供たちが修業するときは、家も何もみんな抵当に入れました。日本にもそれなりに贈与税の基礎控除制度がありますから、何十年と継続すれば相当の額になる。ある経済人ですが、死ぬぎりぎりまですべてをご自分の名義にしていた人がいて、後に残された人びとの争いのタネです。その人は、もしかしたら死んでもあの世にカネを持っていけると錯覚していたのではないかとさえ思います。

渡部　そういう人がいますね。

小石原　早く相続させたら子供が反乱するとでも思うんですかね。

渡部　カネはやはり、イキのいいときがあるんですね。僕の場合は、子供の教育には借金してでも使ったのがイキのいいカネなんです。僕が研究したい本を借金してでも買うのがイキのいいカネなんです。死んだときに残したカネは死にガネです。

小石原　文字通り死にガネですな。いま、何よりいけないのは、国民に誇りをもたせるような装置が社会にないでしょう。

渡部　なにしろ政治家や役人が小粒になりましたからね。

小石原　今日は長時間、ありがとうございました。

まず技を磨くところから
はじめよう

Takeshi Umehara

「ものつくり」こそが日本を興す力

梅原 猛

この眼高手低社会を憂い職人の技術継承教育に立ちあがった哲学者・ものつくり大学総長

梅原先生は、子供がそのまま大きくなったみたいです。
京都市立芸術大学や、国際日本文化研究センターを手がけられ、
今度は実学と人格重視の「ものつくり大学」の開校です。
設立趣旨の起草から設立許可獲得に至るまでに発揮された渉外力と行動力には瞠目です。
哲学者としての厳しい表情と、時折見せるやさしい眼差しとの落差には、
いつ会っても驚かされてきました。

（小石原　昭）

うめはら・たけし

1925年宮城県生まれ。京都大学文学部卒業。67年、立命館大学教授、72年、京都市立芸術大学教授を経て、74年、同大学学長。87年、国際日本文化研究センター初代所長に就任し、現在、同センター顧問。哲学、文学、歴史、宗教、医学、環境問題と学問的関心は多種多面。早くから縄文文化の研究にも意欲を燃やし、独自の「梅原日本学」をつくりあげた。99年、文化勲章受章。主著『隠された十字架』（新潮社、毎日出版文化賞受賞）、『水底の歌』（新潮社・大佛次郎賞受賞）、脚本「ヤマトタケル」（スーパー歌舞伎原作）。

◉――世界に誇る日本の技術を継承、発展させたい

小石原　このあいだ、野村東太学長からご説明を受けましたが、今度の「ものつくり大学」は、時宜に適した大学で、お世辞抜きにむしろ遅きに失したとさえも思えますが。

梅原　私自身がこの仕事に非常に意義を感じ、これは私が最後にやらなくちゃならない仕事だと思いましてね。いま、日本の資本主義の危機がいわれていますけど、これはひとえに、日本人がカネ儲けばかりに気持ちが走ってしまって、労せずしてカネを儲けるという風潮が広まってしまったからだと思います。

小石原　ひたすら労したくないんですよ。

梅原　きちんと真面目にいいものをつくるという精神がだんだん薄れてきている。これこそが日本の危機だと思いますね。真面目に働いて、いいものをつくる。これが日本のすべての工業生産の基礎にないといかん。

だいたい日本には、縄文時代以来、たいへんすばらしい技術があるんですよ。いま、いろいろ遺跡が出てきていますが、狩猟採集時代の日本人は最高の技術をもっていた。縄文土器なんてすばらしいでしょう。そして弥生時代以後、世界でもっともすぐれた技術をもつ稲作農耕文明をつくりあげた。その技術が、近代になって日本の工業文明の技術

の基礎になっていったわけです。技術の問題は日本文化の根幹で、六千年ぐらい前から、木材と粘土で非常に精妙な工芸品をつくっているんですよね。この伝統は絶やしてはいけない。近代になって、名工といわれる人は木地師《きぢし》出身が多いという話を聞きましたが、この轆轤《ろくろ》を回す技術をちょっと変えれば、旋盤技術になる。この技術と伝統がいま途絶えるのは、日本の滅亡への道を開くものだと思いましてね。そのためには、そういう技術を保存し、きちんと継承させ発展させていく、そういう大学をつくることは、たいへん有意義だと思って、だんだん熱が入ってきましたね。

小石原　ところで野村学長をご存じだそうですね。

梅原　十五、六年前、私が発行していた全国のお医者さん向け雑誌『クリニックマネジメント』の巻頭カラーページに、野村先生が十年あまり、毎号毎号、ご自分が設計された病院の写真をたくさん載せて克明に説明されて、なかなか好評でした。

小石原　非常に緻密で手堅い、学長としても立派な方ですよ。そのうえ、どっかに夢もあってね。

梅原　そうそう、夢がある。

小石原　その点で私と話が合うんですが、しかし、性格は正反対でね。片一方は堅いし、私のほうはおおざっぱですからね。

小石原　先生がものを落として歩き、野村先生が拾って歩かれるからちょうどいいんじゃないですか。絶妙な組み合わせですよ。

梅原　もう一つ、私の親父は、戦後のトヨタ自動車の技術の中核にいて、技術部長をしていたんです。最後には常務になり、トヨタ中央研究所の所長になりましたが、この仕事は親父の遺言だと思って、一所懸命やっているんですよ。

●――手技をおろそかにした眼高手低国家

小石原　先生がはじめにおっしゃったように、いまの日本は、金儲け一辺倒になった。でも、ひたいに汗して金儲けしている人はだれもうらやまない。楽して儲けた人じゃないとえらいと思わない国になってしまいましたよ。

梅原　まったく狂っています。学校選びはどうかというと、偏差値だけが価値基準なんですね。それで子供のときから塾へ行って、有名中学、有名高校、有名大学に行く。それで、肝心要《じんかなめ》のことが教えられていない。

小石原　いちばん大事なことを教える人もいなくなっているし、親もそういうことを教える気もない。眼高手低国家ですよ。だれもからだを動かそうとしない。からだを動かすことは、外国人の労働者でも入れればいいとでも思っているんですかね。頭は手とつながっているんですから、手をおろそかにして頭だけ発達するなんてあり得ないですよ。自分の手

「いまの日本には、政界、財界、学界、芸術界、どこにも自分の意見をきちんと言える人がいない」と語る梅原猛氏（右）と小石原氏　辻留（東京・元赤坂）で

で直接やったことのない人は、手技の大事さがわかっていない。そんなのは困るんです。松下幸之助さんは四畳半で井植歳男兄弟と二股ソケットを自分の手でつくったから最後まで技術者を使えたんですよね。いまはそうじゃないですもの。ホワイトカラーがいきなり働く人の集団に乗っかるだけじゃ無理ですよ。

梅原　いまでも大丈夫な企業を見ると、そういう、手で働く技術を大事にしたところが多いんです。そこをばかにしたところは、いまみんないけませんね。

小石原　僕は一九五四年に雑誌『知性』の編集長になってすぐ、ソニーの取材に行きました。五反田の山の中腹に別荘風の小屋があって、井深大さんと盛田昭夫さんが、ボロボロのツナギの作業服で出てきたことを覚えていますけど、そんな手づくりではじまった会社だからいいんですよ。

梅原　「ものつくり大学」の設立準備財団理事長を、豊田章一郎さんに親父の縁でやってくれと頼んだんですよ。これは、あなたたちのようなものつくりの会社がよくなるようにつくるもので、私は親父の遺志として働いているんだからって。

これは私立なんで、自由なことができるんです。国立だと型にはまっちゃいますからね。準備資金は百八十億円。政府が大体六十億円、地方自治体が六十億円、もう一つ財界が六十億円ということで、中小企業経営者福祉事業団というところから三十億円ぐらい出たと思うんですね。労働省は六十億円出す。埼玉県も行田市もたいへん熱心で、合わせて六十億円出す。ところが財界が、不景気だというので、二〇〇〇年二月現在、集まっているのが三億五千万円ですわ。私は頭にきて、豊田さんに、そんなばかなことあるかって。中小企業経営者福祉事業団が三十億円も出しているのに、大企業はそんなことで許されるかって言ったんですよ。豊田さんもつらかったと思いますがね。

小石原　機械工業、造船工業、ゼネコンに、すぐそのまま役に立つ人材をつくる大学でしょ。

●――またまた役所と闘った

梅原　結局、百八十億円のところを百二十億円でやれということになってね。野村先生は真面目な人だから、一所懸命考えてみたが、この金額ではどうしてもできん、と言ってこられましてね。私も説明を聞いたら、野村先生の言われることは緻密で、まさにそのとおりなんですよ。「わかりました、私も一緒に辞めます」と、ふたりで辞めるということを労働省に言ったわけです。ただ辞めるのはよくないから、記者会見を開いて、いかに財界がだめか、労働省がだめか、理由を言って辞めますと言ったら、労働省が困りましてな。なんとかお申し出を達成しようとしても、大蔵省が認めんだろうと言うんです。こんな大事なことをやるのに、大蔵省が認めんというのはおかしい、大蔵省に乗り込んでやるって言ったら、それはやめてくださいって言う。それで知恵をしぼって、労働省としては最善のことをしてくれた。これで大学は大体出発することができるようになった。いまは感謝しています。

次は名称で大論争をしましたよ。財団は国際技能振興財団という名前だから、国際技能工芸大学にしてくれっていうんですけど、それでは何の大学やらわからない。大体、いま〝国際〟はだめなんだ、もう流行語ではなくなっているんだ、国際技能工芸大学というと、技術と技能とどう違うのかというややこしい問題も出るから、それはあかん。国際技能工芸大学だったら、私は総長を引き受けんぞって言ったら、それも折れましてね。結局、「ものつくり大学」

梅原　ずっとわかりやすい。

小石原　この名称の問題と、さきほどのお金の問題と、二回、役所と論争があったが、このへんのことをはっきりしないと、これからの大学はやっていけない。役所には、学者などというものは、地位と給料さえ与えておけばどうにでもなるという考えがあるようだ。

梅原　お役人には、学者はお飾りだと考えている人もいるんじゃないですか。

小石原　そうですよ。だから、大変な奴を総長にしたなと思っているでしょう。

梅原　先生はこれまで、京都市立芸術大学と、国際日本文化研究センターを手がけられて、今度のものつくり大学は三回目ですから、お役人もわかっていそうなものですがね。

梅原　多少、お金が少なくてしんどいですが、とにかく、出発点まで漕ぎ着けました。でも、最初はしんどいところから出発しても、実績をあげて、人気が出て、いい学生を社会に送り出せたらと思っているんです。

小石原　お金はもちろん大切ですが、いちばん大切なのは学生ですから、この大学にふさわしい素質を持った人が、ちゃんと適切に情報を得られるようにしないといけませんね。

梅原　そうですね。教員はだいぶいい人が集まった。大学だけをやってきた人は少なくて、一度社会に出た人が多いんです。

◉──実学と人格重視の善の大学

小石原　ほんとうの職人さんは入らないんですか。

梅原　客員教授や非常勤講師でたくさん入る。

小石原　わかりやすい例で、たとえば数寄屋大工の中村外二さんみたいな人が生きていたら。

梅原　まちがいなく客員教授でしょう。

私はずっと哲学をやってきたわけですが、たとえば哲学者カントは、真善美のうち、真が第一批判、善が第二批判、美が第三批判で、三つの批判をしたんですよ。私は京都市立芸術大学で美の学園をつくった。真の学園は国際日本文化研究センター。そこで私はいままで、善ということをあまり考えなかったけど、このものつくり大学で、もう一度善というものを考えるべきだと思いましてね。この大学をやることによって、私の哲学体系のなかで抜け落ちていた善を引き上げ、私という人間を、まさに完成させようと思っています。ものをつくっている人間の生き方、そういうことをずっとやってきた日本の、ものつくりの人たちの非常に真面目な、素朴な生き方、そういうものも教育します。

小石原　先生が善に思い至られたのは、お孫さんの存在が動機にありますか。

梅原　多少はあると思うけど。そういう実学と人格教育を重視した善の大学にしようと思っているんです。

小石原　人格教育は、戦後の日本教育のなかでもっとも欠落していたものですね。一九四五年までは、とにもかくにも学校のカリキュラムに、修身というものがあった。修身を廃止したのは正しかったと思いますが、驚くべきは、その後十三年間、日本の教育に徳学的なものが存在しなかった。道徳という科目ができたのは、五八年ですから。

梅原　道徳という枠だけはあるけれど、いまもきちんと教育が行われているとは言い難い状態です。それと私は、偏差値に左右されない大学をつくろうと思っていますよ。入学試験も変わった試験をしようと思っている。ものを何日かかかってつくらせて、できる過程の様子を見て、合否を判定したらどうだろうかとか。たとえ学科試験をするにしても、どんな本を持って来てもいいというような試験にしたらどうだろうかとか。

小石原　数年前ですが、私どもの企画室の者が、東京大学の建築科の学生たちをたくさんインタビュー調査したんですが、調査項目のひとつで、多くの学生が、町場にある設計実務の専門学校に、ダブルスクールで通っていることがわかったんです。建築学科だけ出てゼネコンに就職しても、将来使いものにならないことを知っている、それだけ大学のカリキュラムが役立たずになっているんですね。どうしてこんなに、実学というか、実際にからだを使ってものをつくるということを、ネグレクトするようになったんですかねぇ。

梅原　倫理学は、結局は西洋の輸入でね。人間が実際に生きていくための知恵にちっともならないのですよ。今度は倫理学を、実際に生きていく知恵、ものつくりのための知恵の学問にしたいと思っています。

いちばん働いて、日本の社会を支えている人がもっと恵まれなきゃいかん。その人たちが、もっと社会から立派な扱いを受けるようにしたいんですけどね。そのような、職人さんの地位の向上の運動を抜きにしては、ものつくり大学は成功しません。

小石原　役所なんて、たまたま二十二歳で出たときの学校の種類で、キャリアとノンキャリアに分けられ、それが最後まで続くわけでしょ。こんなばかな組織はないですよ。

梅原　昔の軍隊と同じですね。陸軍士官学校を出た人と出ない人。

小石原　将校と兵を分けて、以後徹底した差別です。兵がいくら死ぬほど頑張っても、特務曹長止まりだという制度と同じで、おかしいんですよ。

◉――職人さんが尊敬される社会に

梅原　私は、しっかりしたものつくり教育をすれば、そのなかから日本の社会をリードする、将来の総理大臣になれるような人も出てくると思うんですよ。それを私は期待していますね。基本的に日本はそういう国だったんですよ。戦後は、工学部の学生が大学生の半分ぐらいを占めて、それが日本の繁栄の原因だったんですけど、いまは工学部はそれほど人気がない。

小石原　イメージがどこかで3Kにつながるんですかね。

梅原　職人さんたちの伝統があった工学部が、これだけ日本を発展させてきた。その伝統がいい加減になっているんですね。経済学なんて、自分が汗水たらさずに、いかに金を儲けるかという学問ですからね。

小石原　もっと社会全体が職人さんたちを尊敬しなくちゃだめですよ。

梅原　実際にものをつくっている人たちに、学位を与えてその人たちの社会的地位を保証する。

いままでの工学部出身の人たちとは違った意味の、社会でほんとうのエリートになる人たちを養成する。これが今度の大学のねらいです。それをやらないかぎり、日本はだめだと思うんですよ。

小石原　大学が何とかなったら、今度は社会に向かってそういう人たちを尊敬するような運動をしていただかないとね。いま見ていると、楽をして、働かない、汗を流さない、手技がない、人を顎で使う、汗水たらさないやつがうらやましく、それが偉い人だと思う、この風潮をなんとかやめないと。

私は『週刊ポスト』で「世界のロングセラー」という企画の取材・編集を七年間やったんです。日本にもそりゃいい職人さんがいるんですよ。多くはおじいさんがやっているんですが、でも、ほとんど後継者がいない。ところが、イタリア、フランス、イギリス、ドイツ、中国、アメリカのすぐれた職人さんのところへ行きますと、よほどの例外でないかぎり、子供か弟子の後継者がいます。仕事が楽なのか、お金が儲かるのかというと、決してそうじゃなくって、職人さんにみんなプライドがあるんですよ。

梅原　日本の職人にもプライドはありますが、それを尊敬する空気が社会にない。

●——学校が変わりはじめた

小石原　東北地方にすごい名職人がいましてね。取材のときに聞きましたら、後継者がいないって言うんです。坊ちゃんがいらっしゃらないんですかって聞いた途端、いままでうつむいて仕事をしていた顔がパッと輝いて、「いいや、息子はいますよ。丸の内の大会社に勤めています」ってうれしそうに言うんです。「こんないい仕事を継がしてやろうと思ったのに、ばかやろうが東京に行って、ほんとに困ったもんです」と言うんならまだ見込みもあるんですが、二度と得がたい貴重な技術をもったおじいさんが、大会社に入った息子を自慢するんです。職人さんのほうにも問題があるんですよ。

でも、第一生命保険がこの十年間、毎年やっている、将来、何になりたいかっていう子供の調査があるんです。九八年までは、男の子は、野球かサッカーの選手が毎年交替で一位だったんですが、九九年は、なぜか突然、これまで十位以下だった大工さんが、一位になった。第一生命は、不況になって子供たちもみな、手に職が大切だと思ったのでは、とのんきな分析をしていますが、そんなことだけではない。何か地殻変動が起こっているんです。

それにこのごろは、高校でも結構いい学校ができているんです。千葉県立幕張総合高校は、九六年創立ですが、生徒数が、二千百七十六人。ものすごいデジタル教育をしています。先生は百八十一人で、科目は、まったく生徒の自由選択制です。たとえば書道家を志したいといったら、必須科目は体育だけで、残りの時間は全部書道を選択できる。たった一人のピアノをやりたい女の子のために先生が一人いる。もっと驚くべきは、たくさん轆轤を置いて全員に陶器をつくらせています。男の子、女の子に、自分のアクセサリーをつくらせる。それらも演劇も正課なんです。それらとデジタル教育をうまく融合させてちゃんとやっているんです。宮崎県高千穂の奥の、五ヶ瀬町には、日本初の県立中高一貫校ができたんです。全校生徒二百三十六人、全寮制の小人数教育が行われていて、寮でも毎日、夜遅くまで授業がある。でも受験がないから、地元でわらじづくりを習ったり、自然観察をしたり、みんなのびのびとやっています。そういう学校ができはじめていますから、日本もそう捨てたものじゃない。

梅原　そういうのはどんどん出てきますよ。私も教育の価値観をすべて変えていこうと思っていますけどね。

●——私公混同で働く大切さ

小石原　僕は仕事の価値観も変えるべきだと思っています。よく仕事の公私混同はいけないといいますが、これは正論でも、いまは、いったん会社を離れたら、一切会社のことは頭の中に残しておいちゃいかんと解釈されているんです。かつて岩波書店に小林勇という会長がいましたが、その人が、「小石原君、いまに出版社や雑誌社はダメになるよ。昔は編集者になる奴は、よほどおかしな奴が多くって、心の底に、何かいい企画はないかといつもいつも考えつづけている奴が集まっていた。いまは私の時間に公を入れる奴はダメなんだ。おれは出版界のことしか知らないけど、日本の会社は大体全部そうだよ」と言うんです。そこで僕は私公混同という造語をつくりましてね。

梅原　それはおもしろいな。

小石原　僕は、ここ二十年ぐらい講演などをする時に、私公混同がなくなったから日本の会社はダメになったと言っています。つまり、公を私に取り込むのは悪いけど、自分が会社に入るまでの人生、また、会社に入ってからの自分の私生活のよい発想は、みんな公に入れなきゃいけない。それなのに、そういうことはいけないことだという指導をあなた方はしてきている。それでは会社は弱くなるだけじゃないかと。陶芸家の河井寛次郎さんが亡くなる前に書いた「仕事が暮し、暮しが仕事」という、いい字があるんですが、僕は自分の会社のビルを二十九年前に建てたときから、社内に掛けているんです。

梅原　私は余暇という考え方に反対です。余暇をできるだけ与えるなんて、とんでもない話だ。仕事が楽しいものにならなくちゃいかん。私なんか余暇はないですよ。余暇も仕事。そういう天職を選んだんです。そういう人間が多くならないとだめなんです。

いまの日本にはまず、マルクスの労働価値論の誤りを正した、しっかりした労働論をつくらないといけないと思います。資本主義社会の労働は全部搾取されている労働だ、社会主義社会になってはじめて労働が全部自分のものになる、そういう理論ですね。社会主義国ソビエト・ロシアはどうなったか。ちっともそうじゃなかった。人間なんて変わりはしないんですよ。資本主義社会の労働でも、いい会社ならちゃんとその成果は自分に返ってくるんです。

小石原　野村学長が、この大学はものをつくるだけじゃなくて、人財、人とものの両方をつくるんだっておっしゃたけど、いちばん面白かったのは、さんざん教育した結果、多数の生徒のなかには、ものをつくらないことがよいことだという見識をもった子供が出てくるのもいいことだ、とおっしゃってたことです。

梅原　それは面白いな。

小石原　なかなかいい言葉でしょ。それから、経営のことがわかる職人も育てるんだ、ともおっしゃっていました。

今日は大変元気になるお話をありがとうございました。

Shigeru Okada

喧嘩の作法

岡田 茂

〝生まれ変わっても映画づくりをやりたい〟東映会長

岡田さんは根っからの〝活動屋〟です。

前近代的といわれていたこの世界の職人たちを、もって生まれた温かいこころと才気で、
見事、人心掌握、経営活性化。

このテレビ時代にも立派に通用する名作を、ファンに提供しつづけてきました。

少しもインテリぶらず、堂々と日本の映画界の歴史と未来を披露。

熱弁をふるわれた昔の活動屋の話を、掲載できないのが悔やまれます。

（小石原　昭）

おかだ・しげる
1924年広島県生まれ。東京帝国大学経済学部卒業。47年、東横映画（現東映）入社。61年、京都撮影所長兼製作部長・美術部長・演技部長に就任。62年、取締役東京撮影所長、66年、常務取締役京都撮影所長。71年、代表取締役社長、93年、代表取締役会長。全国朝日放送、東京急行電鉄各取締役、映画産業団体連合会会長。

◉――五島慶太翁の太っ腹

小石原　今日はどうも。

パーティーなどで岡田さんがいるとすぐわかりますね。一種独特のエロキューションで、他に類がない、広島のイントネーションだからひどいことを言っても、何ともいえない温かみがあって、相当得してますね。

ところで、昔パーティーで五島慶太翁の話をうかがったことがあるんですが。

岡田　一九四九年の終わりごろかな、五島翁が初めて京都の東横映画撮影所に現れたんですよ。東京の子分を何人か連れてね。先日九十六歳で亡くなった田中勇さんがまだ若いころだ。

小石原　田中さんが若いんじゃ、ずいぶん昔だ(笑)。

岡田　五島翁は僕らを直立不動させて、「今日、俺が来たのはほかでもない。この会社は何だ、赤字、赤字だ。わずか二年か三年の間に、高利貸しの金を含めて十億近い金を入れた」と。そうしたらマキノ光雄さんが、「会長、これだけの人間がおります。私にまかせてください」と、頭を下げながら涙ながらの芝居を打ってね。

小石原　大芝居ですな(笑)。

岡田　五島翁は、しょうがないというような顔をして、「じゃあ、今日は係長以上をみんな招待する、芸者も連れて行くから準備しろ」と言って帰ったら、組合が大反対なんだよ。「自分たちに時間代を払わんのにおかしい、ぶっつぶそう」と言うんだよ。

小石原　組合がね。

岡田　僕は黙って聞いていたんだが、「これはすかさにゃダメだ、ここで喧嘩を売っても勝てる相手じゃない、負ける相手と喧嘩したってしょうがない」と。

小石原　真骨頂が出た（笑）。

岡田　「僕らの金を使うんじゃない、向こうの金で飲ますというのに、何で反対する理由があるのか。呼ばれた奴は行け」と言って組合の副委員長までやりましたよ。僕は組合の委員長だったから、のちのちの弁明係で行かなかった。ところが、つぶすなんて話を聞いとった連中だから、船の中で酔っぱらっちゃった。なかでも酔っぱらうと無茶苦茶になる寺川千秋というのがいた。女が好きでね。毎晩、女と一緒で、遊廓にしょっちゅう行ってる男なんだ。

小石原　いかにも活動屋向きだな。

岡田　そのとおり。後でそいつに聞いたんだが、その席で、「私は寺川といいます。会長、お盃を」と言って、コップの上にいきなり自分のチンポコを突き出し、芸者に日本酒をかけさせ、「会長、これ飲んでくれ」と言った。まわりの連中は真っ青になって震え上がったそうだ。

岡田　それはそうだ（笑）。

小石原　ところが、さすがに五島慶太だね、「お前のチンポコは大きいなあ、見事だ」と言った。誰かが慌てて連れて帰ったそうだけど、「面白い奴がおる、こういう奴は東急本社には一人もおらん、これはまだやれるかもしらん」ということになってね。

岡田　偉い。さすが五島慶太翁は違うなあ。

●――チリ銭の使い方が大事

小石原　なんで五島さんは東横映画をつくったんですか。

岡田　いまの渋谷の道元坂をちょっと左に上がったところに東映の映画館があるでしょう。あそこは戦前、東急のものだった。ああいう場所に映画館をつくらなきゃだめだ、映画館は人を集めるところだからやろうというので、勇んで東横映画の黒川渉三さんがやったんだ。それで五島慶太翁が東急文化会館をつくるとき、映画館をなかに入れろということになった。六館も七館も入れろと言われた。

小石原　えらいな、五島さんは。

日清紡入社が決まっていたあなたを東横映画に黒川渉三さんが、「鶏口となるも牛後となるなかれ」と言って誘ったというのは、ぴったりですね。

岡田　いちばん嬉しかったのは、僕が「きけわだつみの声」をつくったとき。

小石原　あなたの処女プロデュースね。あれを観た人は戦争が嫌になりますね。

岡田　当時、新米の意思がすぐに通って、出した企画が映画になるようなことは、よそではなかった。そのチャンスは東横映画にはあったね。あのもののないときによくつくったよ。予算は千二百万円しかくれんのだから。五〇年に封切、爆発的なヒットをした。いまでいうと三十億円ぐらい、めちゃくちゃ売り上げがあがった。そのとき五島慶太翁が撮影所に来て、「岡田君、いい映画だった」と言って泣くんだよ。そして、「実は俺にも進という次男がおった。こいつがブーゲンビルの涯てで戦死した。この映画を観て、俺はほんとに泣いたよ」と、はらはらっと泣く。僕も胸が詰まったね。「君と歳は変わらない。こいつを後釜にしようと思っていたのに情けない」と言って、僕の手をとって、当時の金で五万円くれた。

小石原　それはすごい。五〇年の五万円はでかい。

岡田　僕がもらっとった月給は五、六千円ぐらいだ。その晩、スタッフの主だった奴で飲もうと、そこらの安いところでみんなで一杯飲んで女性を呼んでドンチャカやって、五万円きれいになくなったよ。

小石原　いい話だなぁ。五島さんも立派だけど、あなたもその若さで五万円をパッとチリ銭にした。それがいいんだね。

岡田　これだけのものをつくったんだから一杯やろうと。そのころはみんな金もなかったしね。

小石原　あなたのなさってるコンテンツ産業は、そういうところがないとダメね。ふつうのサラリーマンにできる商売じゃないいんだから。

岡田　いまは映画とかムービーとか言ってるけど、僕がこの世界に入った頃は活動屋といって、やくざもんばかりだった。だからインテリが来ると、つぶされちゃう。助監督になりたいとかいってくるけど、ダメ。僕はやくざもんのたぐいの照明係とか、大工だとか、あんな連中が好きなんだよ。だから、今度来た奴は生意気だけど喧嘩が強そうだというんで、だんだん尊敬されて、仲良くなった(笑)。そういう意味では、僕には向いていたのかもしれないね。まあ、映画が好きだったんだよ。小石原さんも知ってるけど、僕が出た広島一中は、堅い学校の最たるものなんだ。

小石原　そうです。

岡田　映画なんかに行ってるのを見つけられたら一週間謹慎くらって、二度見つけられたらアウトだ。

小石原　僕らも、それを隠れて観るのが楽しかった。教師が見回りにくるんだから。

岡田　いまでは考えられないよね。でも何となく映画というのは魅力があったね。

小石原　活動屋というけど、いま、この種の産業に従事している人の多くが、昔のこういうエネルギーを知らないでしょう。銀行員みたいな気分で仕事をして、いいものができるわけないですよ。岡田さんは東京帝国大学を出たのに、褌《ふんどし》で仕事してるような連中とすぐ融和できたでしょう。それは自己診断するとあなたのどの部分だと思いますか。

岡田　僕はね、ああいう人たちがあんまり怖くないんだよ。いきなり親しくなっちゃうんだ。「おい、ナカやん、今度いっぺんどっかでおごったるよ」と言って。そういう奴に嘘ついたらいかん。一旦おごってやると言ったら、あんまりいい酒でなくてもいいから一緒に飲んでね。そうして帰りに車賃でもやっとけば、それから言うことを聞くしね。うるさい奴はきまってるんだから。

小石原　東京帝国大学を出て、すぐ撮影所に入ったのに、チリ銭の使い方とか、そういう才覚はどこで覚えたんですか。

岡田　どこかなあ。家でもない、何となくだね。僕は中学でも高等学校でもボスだったからね。おごられた覚えはない、大体おごってやったほうだ。しかも、クラスの悪い奴にばっかりだ。それが面白かった。僕は親子ほど歳の違う、日本映画の巨匠連と組んでずいぶん仕事をしたけれど、当時の巨匠連、小学校もろくろく出てないんだから。

小石原　それがあんなすばらしい映画を。

岡田　みんな下から這い上がった雑草みたいなもんで、昔は文士だってそうじゃないですか。

小石原　昔は文士になるなんていうと勘当された。いまは親がコネを頼って作家のところへ、息子を弟子にしてくれと連れてくるそうです。文学は弟子になったからってできるもんじゃないのに、ワリのいい仕事だと勘違いしているんですって。このごろは何でもすぐ学校ができるでしょう、何々専門学校とか。今日、話題に出ているような職業はどれもこれも、学校を出たからってなれる仕事じゃないのに。

岡田　そのとおりだ。

亡くなった田岡一雄（山口組三代目）さんとは、美空ひばりの件でこういうことがあったよ。ひばりが専属契約を松竹からうちに変えることになり、ひばり親娘に会うことになったら、そこに田岡さんが同席していてね、「タイトルの件だが、ひばりの出演映画の名前はすべて書き出しにしてくれますやろな」

小石原　「書き出し」って何です？

岡田　歌舞伎の番付と同じで、出演者の名前の順序のこと。そこで僕は、「中村錦之助や大川橋蔵などスターと共演するとき、ひばりを書き出しにしたら、絶対に共演しませんよ。なにしろ歌舞伎界の出だから序列には特別うるさい。ケース・バイ・ケースにすれば、作品によってはひばりが書き出しになるが、いつもそうすると約束はできません」と、ぴしっと言ったら親分、ひばり親娘のほうを向いて、どうするかと聞く。ひばりの母親が、「いいじゃないの。岡田さんの言うとおりケース・バイ・ケースでいいわよ」。三代目は、「岡田いうのはいいこと言うわ」と笑い飛ばしてくれて、それで手を打った。そのとき一緒にいたマキノ光雄さん、後で、「あのとき俺はほんとに怖かったで……」と(笑)。

●仕事に没入できる人材こそ

小石原　話は変わりますが、「シュリ」という韓国映画観ました?

岡田　面白い?

小石原　ええ、面白い。金はぜんぜんかけてないけど、つくった人たちのエネルギーが溢れています。六ヵ月あまりのロングランでしたけど超満員でした。エンディングになっても一人も立たない。明るくなったらおじさんは僕一人。男の子や女の子がハンカチ持って涙を押さえてるんですよ。

岡田　女性が?　スパイ映画に?

小石原　あれは大恋愛映画です。映画の終わり、北朝鮮スパイの女と暮らしていた南の国防部の男が、破壊された二人が暮らしていた部屋に戻ると、女がテロに出かける前に男に残した留守電がある。そこで僕も涙が。

岡田　「ロミオとジュリエット」ね。あの監督は並じゃないから、これからのし上がりますよ。

小石原　昔、岩波ホールの高野悦子さんと雑誌で対談したとき、「日本も戦後の貧しいときに映画作品の黄金時代があったように、作家の内面から絞り出たような、叫ぶようなものが作品になったとき人の心を打つ。バブルのなかで生きてきた若者のなかから世界の人の心を動かすような映画が出てくるとは思えない。これから見ててごらんなさい。韓国とか、ASEAN諸国からすごい映画が出てきますよ」と言っていましたが。

岡田　映画は土着性、土着文化をはっきりしないとダメだ。日本は土着の文化があるんだから。マネはだめよ。マネしたらどうせ二番手、三番手になるだけだからね。

小石原　岡田さんが昔言った言葉で僕がいちばん好きなのは、「映画なんて、つくってる人や出る人に情熱がなくなったら終わりだ」ですね。

岡田　そのとおり。東映も学校の成績はこうだ、試験の結果はこうだからこういう人間をとるなんてやっているけど、違う。人物本位で変わった奴をとれというんですよ。

小石原　採用方法を変えないとだめですね。

岡田　試験の点数でやれば、頭のいい奴をとれますよ。だけど問題は、変わった才能をもった奴をどう見つけ出すかだ。体力もです、体力のない奴はダメだから。入ってみてはじめてわかるけど、この商売は面白い。

小石原　サラリーマン気分で入ってきても、仕事に没入できればいいんですよね。

岡田　学校はどこを出ようと、仕事に没入すればいいんですよ。うちなんかずいぶんノンキャリが監督などしてるからね。とくにシナリオライターなどは、ばかまじめな奴の脚本は面白くない。もっと人間を書けと言うんです。男と女の関係も、遊ばなければわからないから(笑)。

小石原　渡辺淳一さんの出版記念パーティーの壇上で、岡田さんが、このごろ渡辺はだいぶアッチのほうが弱っているそうだが、やりつづけなきゃだめだ、と激励されましたね(笑)。

岡田　アレがだめになったらだめよ。

●――映画づくりに理屈はいらない

小石原　このへんで、大ヒットした映画の話をしてください。

岡田　何てったって、「鉄道員《ぽっぽや》」だ。日本アカデミー賞九部門をはじめ、あらゆる賞を、海外の賞も、とったからね。九九年は高倉健君にとっては最高の年だった。

これは監督の降旗《ふるはた》康男君が来て、「どうしてもやらせてくれ、成功する」と言うんだ。高倉君は、彼とは盟友だから、高倉君はノッてるのかと聞くと、自分が口説くというので、はじめた。高倉君、あれほど台詞を言わなくて存在感のある役者は彼だけです。ふだんは一切しゃべらない。しゃべるのは相手ばかりでね。ほんといい役者になった。

小石原　そうですね。

岡田　僕はラッシュを観せてもらって、これは成功したなと思ったけど、案の定、大成功で、わーっと反響がきた。昔、一時は高倉君なんか要らないと営業部が言うぐらいのときもあったんだがね。

小石原　それは「網走番外地」の前。

岡田　だいぶ前。彼はニューフェースで、当時、喜劇なんかやらしておったけど、僕はアクションをしろと言ったんだ。それが大役者に成長してくれてよかった。
それと「金融腐食列島・呪縛《じゅばく》」は、モデルの第一勧銀の連中をみんな知ってるんで、いやだなと思ったが、製作者の角川歴彦《つぐひこ》君を呼んで、「あんたのところのメーンバンクだぜ、えぇのか」と言ったんだが、「大丈夫です」と気楽に言うんだよ。よく撮ったね。

小石原　「金融腐食列島・呪縛」は近ごろのアメリカの手法ですね。映像のスピードが速い。やたらにフラッシュバック、カットバック(笑)。

岡田　ほんとの金融状況はどうかという深刻さはないけど、面白かった。

小石原　「失楽園」はいかがですか。

岡田　これは近年にない大当たりだった。

小石原　僕は初日の試写に行ったんです。偶然、隣が土井弘子さんという黒木瞳さんのマネージャーで、あんまり映画がよかったんで、一杯飲ろうと言って一緒に銀座に行った。そのときの僕の第一声、「弘ちゃん、今日から黒木さんのギャラ倍にしなよ」

岡田　森田芳光監督もよく撮ったよね。あれがいいチャンスになって、ひっくり返った。昔は理屈っぽくてぜんぜん当たらなかったんだけど、僕は理屈にするな、これは官能映画だから官能でつながなきゃだめだと言ったんですが、「そうですね」と言って、わりと素直な面もあるんだよ。

小石原　森田さんは、アレのほうはどうなんです。

岡田　ああ、遊び人ですよ。

小石原　だからできたんだ。ああいうのは、やってない奴がつくるとだめ(笑)。

岡田　できなくなったら終わりよ。

小石原　僕は「プライド—運命の瞬間《とき》」は見逃していたんで、浅草の映画館で観ましたよ。

岡田　あれも共産党と大喧嘩してね。もっと悪口を書け、悪口を書きまくってるのは『赤旗』だけど、おまえのところが悪口を書いたら当たるんだと言ってね。

小石原　喧嘩のコツだね(笑)。しかし岡田さんは運が強いですね。

岡田　何べんもつぶれかかったような会社におったから。だけどこれが面白かった。会社というのは中心の人間が頑張らないとだめよ。「大丈夫だ、俺は運が強いんだ、心配するな」と言わなきゃだめなんだ。

小石原　いまでも覚えてるけど、昔、大川博・東映社長が大ぼらふいて、日本映画の半分はいただくと言って、第二東映をつくって失敗しましたね。ところが、ふつうの人は引き継ぐときに人を切るところを、あなたは全員吸収しちゃったでしょう。

岡田　しょうがないもの。

小石原　結果的にみると、吸収したおかげで、その人材がテレビ映画をつくり、東映動画でも親孝行しているわけですからね。

岡田　おっしゃるとおり。CMとかもね。

小石原　いまや、コンテンツをたくさんもってるほうが勝ちですよね。

岡田　小石原《こいしはら》ちゃん、結局当時、テレビ映画をやる以外になかったんだよ。みんなを呼んで、おまえらのように給料や、時間外手当を無尽蔵にくれというんでは、やればやるほど大赤字だ。時間外はストップにしてくれ、ということで、組合も協力したしね。社長就任の挨拶に田中角栄・通産大臣を訪ねたとき、「岡田君、某銀行の大将から頼まれたんだが、その銀行のある支店長をあんたんとこの専務か何かで入れてくれんか」と言うから、「お断りします。それは住友ですか」と僕が言うと、「いやいや」とごまかすから、「僕が撮影所の映画つくりから社長になったから危ないと思っているんでしょう。そんならしょうがない。僕はこれで住友と縁を切ろうと思う。向こうがそう思っているんなら、本気でつき合えない」と言ったら、「何怒ってるんだ、興奮するなよ。わかった。これはなかったことにしてくれ」と言うんだね。頭にきたから五島昇さんのところへ行って、こうこうこうで、私は住友と縁を切りたいと言うと、「三菱にせい、俺が話すから」って。そこで頭取の伊部恭之助さんと翌日会ったんだ。伊部さんは慌てて、「それは違う、堀田庄三さんが何かの拍子で言ったか知らないけど、勘弁してくれ、私も知らんような話だから」と言う。「だけど僕はもうある人とも相談したし」と言ったら、「そんなこと言うな」とね。「じゃあ、これで失礼します」と言って、帰ったらすぐに電話がかかってきて、「おたくの幹部級を招待したい、うちの幹部もみんな出るから」

小石原　ほう(笑)。

岡田　その席で「何かあったらしいけどますますいい関係に」と伊部さんが手を打って、五島さんに報告したら、「強気に出てよかった」という話。伊部さんとはいまでも笑ってるよ。

小石原　あの方はいまでもほんとにお元気ですね。

岡田　あそこで僕が負けとったらだめだ。

◉――生まれ変わってもプロデューサー

小石原　シネマコンプレックスですが。

岡田　僕は都会以外はやりません。スーパーと組んで田舎でやるような方法はとりません。

小石原　渋谷や広島でやってること。

岡田　そうです。

小石原　シネコンは小さい小屋で回転が早いでしょう。

岡田　どれでも観られるしね。

小石原　僕らのころは、ものごころついたはじめに活動写真があって、テレビが最後に出た新しいメディアですが、いまの人は、生まれたときにまずテレビが目に入り、歳ごろになって入る映画館がいちばん新鮮です。だから、マーケットが若返ってくるので、供給側がそういう人たちと取り引きできないとだめですね。

岡田　何か変わらなきゃだめ。味つけをかなり変えなきゃだめだね。

小石原　手慣れたつくり方をしていてはだめ。

岡田　おっしゃるとおり。ハードばっかり増えたってソフトがついていかないといかん。ハリウッドもいまのままで永遠にいくかどうか。スピルバーグも病気だというし、ああいう才能はなかなか出てこないからね。

小石原　ところで、経営者とプロデューサーと、どっちが面白いですか。

岡田　それはもうプロデューサーさ。

小石原　生まれ変わっても映画のプロデューサーになりたいですか。

岡田　どうしてもプロデューサーをやりたいね。僕は経営者になろうとは思わなかった。やむを得ずやったんだからね。プロデューサーで十分飯を食えたんだから。

小石原　いいですね。そう言える人は幸福ですよ。

岡田　ほんとうにそう思っているんだ。いまでも現場に僕が入っていって、みんなに、「こんな生《なま》っちょろい映画じゃダメだ」とか言ってね。

小石原　コンテンツ産業をいろいろなさってますね。テレビに番組を提供したり、CS向きにもたくさんなさっていますが、最後にそのほうの見通しを聞かせてください。

岡田　それは、やっぱりコンテンツをもった奴が勝ちですよね。しかも独立プロのもってるのを、こっちに出させなきゃいかん。それをいまやっているんだ。

小石原　おたくがいちばんもってるでしょう。

岡田　三万もってる。それと、アニメーションがある。

小石原　それが宝ですよ。今日はほんとに長時間ありがとうございました。

心身ともに爽健に

中高年の性など

河合隼雄

Hayao Kawai

現代人の悩みを解放しつづける臨床心理学者、国際日本文化研究センター所長河合さんはやさしい聞き上手名人です。
いつも穏やかな語り口で、難しい話を、誰にでもわかるように説いてくださいます。
ともすれば専門領域に陥りがちなこの分野で、
僕たち向けに、とても平易な啓蒙をつづけてくださるのですが
丹波の自然や、京の風情の雰囲気を漂わせる、身についたはんなりした口調での
コンサルティングに、思わず魅き込まれてしまいます。

（小石原　昭）

かわい・はやお

1928年、兵庫県生まれ。京都大学理学部卒業。高校教諭を経て、59〜61年、アメリカ・カリフォルニア大学に留学。62年〜65年、スイス・ユング研究所に留学、日本人初のユング派精神分析家の資格を取得。帰国後、日本にユング派心理療法を確立させ、75年、京都大学教授。86年、日本臨床心理学会理事長、88年、国際日本文化研究センター教授兼務。95年、同所長。「21世紀日本の構想」懇談会座長。97年、朝日賞受賞。主著『昔話と日本人の心』（岩波書店・大佛次郎賞受賞）、『明恵　夢を生きる』（京都松柏社・新潮学芸賞受賞）『こころの子育て』（朝日新聞社）。

◉――サラリーマンにふえている抑鬱症

小石原　おひさしぶりです。今日はお忙しいところをありがとうございます。早速ですが、日本人が訴える悩みの内容はどんなふうに変化してきているのでしょうか。

河合　昔、多かったのはヒステリー。誤解されるんですが、ヒステリーは心の問題で、体のはたらき、つまり目がみえなくなるとか、耳がきこえなくなるとか、手が動かなくなるとか、言葉が出ないようになる人のことをいうんです。いままではこれが多かったんですが、すごく減りました。いま、いちばんふえているのが抑鬱症です。鬱々として何もする気がしない。これはサラリーマンにいちばん多くって、これまで律義に頑張ってきた人に多いんです。律義に頑張ってきたから、地位が上がる。するとまわりは喜ぶけど、本人は鬱々として、俺はダメだと思い込んでいるんですね。

小石原　地位が上がったのは、評価されたわけでしょう。何でダメになるんですか。

河合　自分で自分を評価するんです。こんなに地位が上がっているのに俺はダメだと。

小石原　上がった地位ほどやれないと思うんですか。

河合　地位が上がるといろんなことを変えないといかんでしょう。一所懸命頑張ってきた人ほど自分を変えられないんです。

小石原　使われ上手が、必ずしも使い上手にはならないですからね。

河合　使われ手としていいと、会社は見まちがって、あいつはよくやると昇進させる。だけど人を使うことをぜんぜん知らない。それでガタンとまいって、昇進したのでみんながお祝いパーティーしようと思っていると、本人は自殺してしまう。昇進鬱病というのがありますが、ちょっと生き方を変えないかんのに、変えられない。そうすると自分は生きてても しようがないと、非常に能力のある人が自殺するんです。ところがそういう人は、われわれがお会いして話をしているうちに、生き方を変えないかんのだと納得されると、前よりすばらしい能力のある人になる。変わるか、死ぬかですよ。

しかし、いまは変化が激しいでしょう。だからゆっくり型タイプの人はついていけないところがある。そういう人にかぎって、はじめは律義だから、皮肉なことに早く出世する。早いとこ出世するのに、自分は出世についていくのが下手だというんで、鬱病がいちばん多いんじゃないですか、そういう人に僕は、一年たって会社に帰ったら、前よりもっと使える人間になりますから待ってくださいと言うんですよ。

いま、会社でいちばん多いのは鬱病でしょう。ところが、このごろ薬が発達して、かなり治るんです。精神科の医者に薬をもらって、治っていくと自分の心のほうも変わっていく。そのままうまいことといく人はいいけど、薬で元気になったが、心はもとのままという人がいて、また病気になる。また薬をもらって治るというように繰り返すんです。

小石原　その薬は、心のほうの薬じゃないんですね。

河合　からだと関係がありますからよく効くんですよ。からだを治してもらうのと、自分が心を入れ替えるのとがうまくいっている人は、薬だけですっと治ってしまうんですが、そうでない人がむずかしい。そういう人がわれわれのところに来たら、まずお医者さんのところに行きなさいと言います。だまされたと思って薬を飲んでください、そして絶対に死なんといてくださいと言います。

小石原　先生のところにみえる方で、死を口にする方は多いんですか。

河合　たくさんあります。こういうことがあるんです。人間が変わるというのは、簡単にいうと死んで生まれ変わることです。だから変わり目に死にたくなる人が多いんですよ。欧米の人はキリスト教を信じているからなかなか死ぬということは言わないけど、日本人は簡単に「死ぬ」と口にします。だからすごくむずかしい。「死にます」とか「死ぬほど苦しい」とかですね。そういうときに、いちいちこっちがびくびくしとったんでは仕事にならないし、下手して亡くなられたら失敗ですからね。そこのところがむずかしい。こういう治療を日本でやることのむずかしさの一つですね。

「絵本というものは、非常に端的にパッと真実を言っている。ビジネスマンは忙しいから、ぶ厚い本を読まんでもええから、絵本を読んでください」と語る河合隼雄氏（左）と小石原氏
辻留（東京・元赤坂）で

◉――奥さんを喜ばせる方法は

小石原　そこで、中高年の性のことですけど。

河合　若いときの性の関係と中年を超えてからの性の関係は、ちょっと変わるんです。

小石原　先生のおっしゃる変わる分岐点は、人によっても違うと思いますが、何歳ぐらいですか。

河合　四十歳ぐらいのところじゃないでしょうか。人によって後先ありますけど、男性が不能になる人が多い、一時的なんですけどね。それまでは時の勢いというか、わっとやってたのが、そのへんから、もういっぺん男性と女性が愛し合うというのはどういうことかとか、男と女の関係というのはどういうことかとか、というように深まる。そのとき不能になる人が多い。それを自分は歳で不能になったと思う人が多くて、びっくりするわけです。何のことはない、ちょっと関係が深まるために、ポイントの切り替えが行われているわけですよ。だめだというんで、やめてしまう人がいますが、そうするとそれで切れてしまう。日本人にものすごく多いんです。

小石原　そうなったときは、具体的にどうすればいいんですか。

河合　薬もあるんで困るんですけど、そっちにいくんじゃなくて、自分はなんでこういう女性と結婚したんだろうかとか、ほんとうに自分の奥さんが喜ぶのはどういうことだろうかとか、そちらに切り替えていったらいい。

小石原　喜ぶというのは性的なものばかりではなくて、花やケリーバッグを買ってやるとか。

河合　そうです。あるいはいっぺんもそういうことを言ったことのない人が、「今日の料理はおいしいね」と言ったら、それだけでもすごいじゃないですか。そして、今度はもっと関係が深くなる。前は、言うたら勢いでつながってるみたいなものだった。その勢いのつながりが四十までもたん人もいます。結婚して七年ぐらいしたらだめな人もいますけど、そのときに夫婦関係はちょっとずつ深まっていくんです。はじめはわけがわからないで結婚した勢いで頑張ってるんですが、精神性がだんだん入ってくる。そのつなぎめ、つなぎめにいろんなことが起こる。その一つに、中年で不能になるというのが多いんですよ。かっこ悪いから黙ってるだけでね。

小石原　性的不能というのは基本的には、男性にあって、女性にはありませんね。

河合　女性側は不能にはならないけど感じなくなります。嫌悪感がともなって、嫌だけど仕方なしにということになる。

小石原　濡れなくなっちゃうと、性行為がむずかしくなりますね。

河合　苦痛がともなうとかね。

小石原　どのへんの歳ごろでなるんですか。

河合　中年です。奥さんが強い人だったら、拒否しますよね。そうすると離れて暮らす人も多いです。一人の男と一人の女が永いあいだ暮らすんですから、大事業ですよ。大事業であることを忘れて、何も努力せんでもうまくいくと思っているのは大まちがいです。

小石原　一般には、自然体でいくはずと思っていますから……。

河合　ある歳までは自然体でいくんです。このあいだ、アメリカ人の話を聞いてて面白かったのは、アメリカ人も、五十歳までは夫婦のあいだでもセックスの魅力がなかったらだめだ、と思って必死になるんですね。

小石原　五十歳ぐらいまではみんな何とか頑張ってやっているわけですね。

河合　セクシャルになろうと頑張る。自分に魅力がなかったら離婚されるんです。

小石原　女性側も、男性側もですか。

河合　両方です。向こうの人はキスしたり「アイ・ラブ・ユー」と言ったりして仲良くみえるけど、仲良くなかったら別れんならんわけです。ある種の戦いみたいなものですからね。

小石原　僕が昔から講演なんかで言うのは、日本人は性的に不能に陥ると旦那はすぐ泌尿器科に飛んでいき、女性は婦人科に飛んでいくが、白人は精神分析にいく。日本人は器物がセックスしてると思っているが、白人は心がセックスしてると思っている。

河合　それは面白いですね(笑)。

小石原　僕のところには実は、夫婦の問題で来られる方は非常に多いです。夫婦のあり方が変わってきつつあるということもありますね。昔の夫婦はわれわれがよく知っているように、男はほとんどものを言わずに……。めし、ふろ、ねる(笑)。それで、どのようにカウンセリングされるんですか。

河合　こっちが答えを言うことはほとんどないんです。言えることがないといったほうがいいでしょうね。

小石原　つまり、綿々と話される？

河合　そうです。夫婦で来られて、「奥さん、もう少しご主人を愛してあげてください」なんて言っても、愛せないから来ておられるわけでしょう。そんな人に言ったってだめなんです。それよりも、うちの主人はどんなに悪い奴かという話をずーっと聞いてる。真剣にぴたっと聞いてると、だんだん変わってくる。これが面白いんですね。それをはずさずに真剣にぴったり聞くというのが、これがなかなかできないんですよ。

小石原　しかし、お疲れになるでしょう。

河合　それでも、われわれはそういうのを聞いてるなかで、その人のちょっとしたものの言い方とか、ちょっとしたことで光が見えてくる。辛抱して聞いているのとは違うんですよ。嫌な話を辛抱して聞いてるんじゃなくて、そのなかの光をちょっとずつ見てるんです。面

小石原　白いのは、たとえば子供が学校に行ってないというので奥さんが来られて、夫の悪口ばっかり言われる。そうすると、旦那がだんだん腹が立ってくる。何でうちの妻と息子はあんな先生のところに行くのか。効果も上がらへんやないか。おれがいっぺん話をつけてきてやると、旦那が乗り込んでくる。それが勝負どころになることが多いんです。

河合　といいますと?

小石原　「先生、お世話になってます。けど子供は学校に行かんやないですか。家内も来とるだけで」と言って二十分ぐらい怒る。人間はだいたい二十分ぐらい怒ったらおさまってくるんですよ。その後で、「そういえば、私も会社のことばっかりやってますんでね」なんて言うようになる。「ほう、会社のことばっかりですか」、「ええ、ちょっとは家庭のことも……」と、自分で言うようになる。そこからその人は変わってくるんですね。怒鳴り込みにくるときというのは、変わるときが多いんです。だから僕は、「怒鳴り込まれたら勝ちゃと思え」と言うてるんです。

河合　叱られても二十分我慢ですか(笑)。

小石原　ぴたっと聞いてないとあかんのですよ。逃げたらあかん。

◉――川を越えたところに行きなさい

河合

お金をどうして儲けるかという点に関してはみなさん一流だけど、もう一つ深い話になってくると、異性のことが出てくる。なぜかというと、人間にとっていちばんわからないのに魅力があることで、しかも恐ろしい、すばらしい、というふうにいろいろ並べていくと、もし人間に魂というものがあるとすると、よく似てるんですね。魂のことなんて、日常生活にぜんぜん役に立たないでしょう。けれど、それがないと困る。うっかり触れるとおそろしい。わけがわからない。けど、魅力に満ちている。これは異性とほとんどパラレルですね。この世のことが満足できてくると、次に大事なことは魂のことになります。するとそれは異性の問題になってくる。そのとき、昔の日本人はすごくいい方法を考えておった。こちらの世界ではそのことはやめてください、あちらの世界でやってくださいという、それが遊廓です。「川を越えたところに行きなさい、そのかわり美的にやらないとだめですよ」ということですね。お金の使い方にしろ、つき合い方にしろ、踊りを見るにしろ、美的に洗練されてない奴はだめなんだと。それが旦那ですよ。そこですごく美的な世界、魂の世界を体験してくるけど、その話はこっちには持って帰らない。そこですごく美しい人がおったから身請けして結婚しようなんてことはよっぽど阿呆のすること。あるいはこっちの世界で会おうとか、そこにそういう人がいるから奥さんと変になるとかいうのは、要するに馬鹿なんですね。昔の人はそこでちゃんと世界を分けていた。その場合、日本では美的洗練がすごく大事なことだったわけです。魂の世界というのは、下手に接触するとやられてしまうんです。日常生活をつぶしますからね。実際、そういう女性に惚れてこの世の命をなくした人はたくさんいる。そういう物語も現実もたくさんあるわけですね。

ところが、川の向こうがなくって、それがだめになったんです。すると魂のことをこの世でやらにゃいかん、すごくむずかしい問題が起こったわけです。ちょっとまちがったら、悪で、罪になるかもしれない。下手に踏み外す人は、触ってはいけない人を触ってみたり、セクハラというやつですね。いま、それが日本にすごく多いというのは、日本で、この世のことが上手な人が、魂のことをどうしていいのかわからないため、思わず変なことをやってしまう。それを新聞種にしたら「何だ、あいつは」と、悪い奴に言われる。その動機は、僕らからみると魂の世界なんです。魂にどう接近するかということですから、この問題は、いまの日本のとっても大きな問題じゃないですか。そのとき、今度は奥さんとの関係になってくるわけですが、自分で魂のこととわかってくるし、奥さんだって魂の問題をもってるわけですから、そこに何かうまいこと共通のものが出てくると、何も異性のことをする必要はないわけで、歌舞伎を見に行ってもいいし、高い車を買ってもいいけど、一緒に途方もないことをせなあかんわけです。

小石原　なるほど。

河合　ふつうのことをやっておったんでは、この世のことなんですから、どっかでこの世からちょっとはずれないかん。この世の秩序を壊さない程度のはずれというのがあるわけです。車を買うと「なんや、おまえ」と言われるけど、乗ってても警察はこない。奥さんが歌舞伎を見に行って「成駒屋！」と叫んだって、警察のお世話にはならない。自分の魂の世界をいかに生きるかということに対し、いまのビジネスマンは訓練がなさすぎます。昔は訓練するところがあった。川の向こうへ行ったら、どういうふうに花魁《おいらん》に接するか、カネはどういうふうに浪費すべきかと、ちゃんと決まってたんです。いまはそんなものはないでしょう。みんな自分でさがしていかないかん。下手にやると奥さんはキレてしまって日常生活はダメになる。しょうがないから会社で金儲けするか、威張るか。

小石原　そうそう、威張るんですよ。

河合　威張ってる人は、自分の人生を知らない人です。自分の人生がわかってきたら、威張る必要なんかないんです。だけど、せめて威張りでもせな、面白うない人いるでしょう。「こらっ」と言ったら相手は「へえ」と言うしね。それは当たり前なわけです。みんなが遊びを知らなくなったから、遊びも仕事になるんです。ゴルフでもスコアを数えないと勝負にならない、仕事にならない。勝つためにはどうするか、となる。遊びがみんな仕事のほうに引っ張られてしまって、遊びを遊びとすることがなかなかできない。

●――怒鳴れば血圧が下がる

小石原　いまの日本は、親でも教授でも上司でも、威張ってはいても怒鳴る人が非常に少ない。

河合　みんな気が弱くなってるんです。僕は、せっかく腹が立ってるのに怒鳴らない阿呆がおるかと言うんです。そうでしょう。めったに腹が立たんのに、ちゃんと腹が立ってくれてるんだから、そんなときは相手がだれであろうと猛然と怒鳴るんです。あんまり怒鳴ったらいかん人のときは、腹が立たんようになってる。うまいことできてるんです(笑)。

小石原　僕は怒鳴るとすぐ血圧を計るんです。ところが死ぬほど怒鳴っても、血圧の変動がない。

河合　怒鳴るほうが下がるんです。辛抱するから上がるんです(笑)。アメリカでは、僕のファーストネームはドナルドいうんです。

小石原　ドナルド・カワイですか(笑)。

河合　ドナルドやけど、僕はドナルゾになってる(笑)。僕のところにくる患者さんにでも怒鳴ります。そういうのができるようになってから変わってきた。それまでは相談に来てる人やから怒鳴ったらいかんと思って、妙に辛抱してたんですね。けど、自分は腹が立ってるんやから怒鳴らなあかんわけです。

◉——曖昧さを誠実にやればよい結果が得られる

小石原　ところで、戦前は各地に脳病院がありましたが、いまはないんですか。

河合　あります。いまは精神病院、あるいは精神・神経病院という名前になってるところもありますし、どこにもありますよ。

小石原　家族が病院に入れるのをいやがるんですってね。入れようとすると人権騒ぎになるそうですが、本人が何もわからなくなっている場合も、人権問題が起きるんですか。

河合　ある程度を越した場合は、親族が同意すれば入れます。

小石原　家族が同意せずに病院に入れておかなかった人が、外へ出て人を刺したりしますね。あれは、家族は責任はないんですか。

河合　それは家族にはないです。その程度がむずかしいんですよ。程度によっては、医者の判断でも入れられます。

小石原　家族が反対してもですか。

河合　はい。社会の防衛ですから。

小石原　大阪で若い人がおばあさんを殺した。これは精神障害者だから無罪だということになった場合でも、親族は関係ないんですか。

河合　関係ないんです。でも、これはこれからの非常に大きな問題だと思います。

小石原　常識で考えると、家族が病院に入れるなという以上、家族が責任をもつはずだと思うんですけど、ご著書を読んでおりますと、ものごとのクロ・シロを即座に明確にするよりも、曖昧に誠実にすることのほうがいい結果が得られると書いてありますね。

河合　日本人は両方言えるんで、外国人にくらべるとはるかに曖昧さを平気で言うところがあるんですね。「前向きの姿勢で」と言うたりしている。そのくせ、反転するとむちゃくちゃシロ・クロをはっきりさすところがあるんですよ。だから曖昧でいいほうと、急にむちゃくちゃシロ・クロを明確にするほうとあって、シロ・クロ明確にするほうが、危なくなってくると出てくる。いま、ちょっと日本は経済的に追い込まれたところがあって、すぐに、おまえが悪い、こいつが悪い、これが原因だとかいう。それをやるまでは、ものすごく曖昧なんですよ。もっとはっきりしといてくれたらすむことを曖昧にして、ばかなことをやっといて、土壇場《どたんば》になったらそうなる。これは日本人のパターンです。日本人がこれを変えるというのは、ものすごく大変なことです。

●——よいことは、すなわち悪いこと

河合　だから、ここで日本人がよっぽど考え直さないとだめだというのが僕の考え方です。大

変な危機だと思いますよ。日本はものがないことが前提でした。親子関係にしろ何にしろ、「一緒に節約しような」とか、「分けような」とか、「もったいないなぁ」ということで、それと言わないけども、倫理教育も宗教教育もあったわけです。「もったいない」というのは宗教教育ですからね。ところが、急にものがわっと出てきたから、教育の仕方を忘れてしまったんですよ。だから僕は、ものが豊かにあるときの日本人の倫理はどうなのかとか、こういうことを真剣に検討すべきだと言ってるんです。みんなで知恵を絞って、みんなで総合研究をやってほしいと、日本の国民にそういうことを言いたいですわ。

小石原　ものがあるといっても、高度成長を支えたシステムがあるだけで、カネがなくなると何もない。農業国でもなければ、土を掘ったら何か出てくる国でもないですからね。

私は四十年以上前にアメリカのロスに行きました。敗戦からまだ日がたってませんわね。ふつうの住宅の庭の隅にコットンコットン何か動いてる。何ですかと聞いたら、一日中、原始的な方法で石油を汲み上げてる。夕方になると石油会社が石油をとりにくる。あの人の家は最低生活はあの石油ででもできると聞いて、どうしてこんな国と戦争したんだろうと思いましたよ。日本はいくら掘ったって、温泉が出るのが精一杯ですからね。

河合　ほんとですよ(笑)。

小石原　イギリスなんて小国だっていうけど、見渡すかぎり田園でしょう。つまり、日本みたいに山の稜線ではないですからね。

河合　見渡すかぎりというのは日本にはないですよ。

小石原　一次産品ができない土地の上に住んで、食糧自給率は低いというのに、みんなのんきに無駄づかいのかぎりをしてますわね。

河合　そういうことをほんとに自覚して、日本の国民にピシッと言わないかんのと違うかと、僕はいつも思うんです。

小石原　毎日、人の悩みを聞いておられるのに、今日お会いしてても テレビで見ても、いつもにこにこしておられる。どうしてですか。

河合　僕は、アースしたらええと言ってるんです。つまり、地球に任してる。電気がくるでしょう。それを自分で受けとめるからだめなんで、アースしたらいい。

小石原　放電するんですか。

河合　それができるようになったんが、五十代かな。四十代の頃は、死ぬかわからんと思った。すごい話を聞いて、誰にも言えんわけでしょう。どこにももっていけない。それで、僕は病気で死ぬかなと思ったことがあります。ところがそのうちに、アースすることがだんだんわかってきたんです。

◉――内的体験が物語になる

小石原　ところで、ご著書は多岐にわたっておりますが、昔話や童話も多いですね。お兄さまの雅雄先生もたくさん童話を書かれていますが、ああいう話は読者にいろいろなことを示唆してくれると思います。いま絵本がブームになっています。大人も読むようになり、いいことだと思いますが、この現象をどう受けとればいいんでしょうか。

河合　基本的に物語ということを考えたらいいと思います。僕はよく言うんです。たとえば自分が釣りに行って魚を釣ってきた。客観的記述というのは、「体長三十センチ、重さ何グラムの鯛を釣りました」という事実だけです。でも僕は、釣ったときの感激を伝えたいんです。感激を伝えようと思ったら、「三十センチ」というのではあかんのです。「こんなん釣った」と言わないといかん。それは客観的ファクトを言ってるのではなくて、僕の内的体験を語ってるわけです。

物語はすべて内的真実をいかに伝えるかという観点から語られている、というふうに読みだすと、けっして荒唐無稽ではなくなってくる。昔の物語で、娘の手を切る父親がおるとか、子供を喰ってしまうのがおるとかですね。子供を喰いものにしているなんていうのは、いまでもあるわけですから、そういう読み方をすると何もおかしくないんです。

そういうとき、大人の場合は、常識がはたらくから、ごまかすんですよ。ほんとの話が書いてある童話や絵本を、もうちょっと読みなさいというのが、僕の考え方なんです。

「教育界の黒船」スクールカウンセラー

河合　僕は、本質的には、いま言われている「ゆとり教育」は大賛成なんですが、下手をすると「ゆるみ教育」になっている。最低限やらなければならないことを守ったら、あとは思いっきり遊べばいいんですよ。

小石原　最終的には前線の先生まかせになるということですか。

河合　そうです。それと、やはり教員の質を高める必要がありますね。そのためには、やっている教師には、もっと月給をあげなくてはいかんでしょう。いま、家庭でやるべき教育も学校まかせにしていますから、何もかも教師にまかすのなら、給料を二倍やるぐらいのことをしなければね。教師側にもゆとりを持たさないと。

小石原　日教組が、子供の数が減ってきて、教師もあまるから、一クラスに教師を二人つけようというのも、良い教師というのが前提ですよね。教師が悪かったら、子供はよけい悪くなる。粗悪な教師を増やしてもしかたないと思いますし。

河合　そこで、われわれの日本臨床心理士会で、心理学を専攻し、完全に専門化された臨床心理士の育成に力を入れ、文部省に強く提案して、スクールカウンセラーを学校にいれることをしたんです。先生じゃない人が学校に入ってくるわけですから、文部省としては大英断でしたね。「教育界における黒船の到来」といわれたくらいです(笑)。私が教師の経験があるからわかるんですが、教師を続けていると、どうしても近視眼的になるんですよ。だから教師と異質のものを学校に送り込みたかったんです。

小石原　なるほど。では、家庭での教育についてはいかがでしょう。このごろ頻発する十七歳の事件のことも含めまして最後にうかがいたいんですが。

河合　思春期の人間は自分で止められないんです。誰かにパチンと止めてもらわないと止まらない。恐喝などをやった子たちが警察につかまったとき、「もうほっとしました」ってよく言っています。百万円よこせと言ったら誰かが止めてくれるんじゃないか、なのに百万円をもらってしまった。そしたら次は二百万円と言わなくちゃしょうがないでしょう。自分でもおかしいなと考えてるんです。バブルだって一緒だったじゃないですか。

小石原　これからも続出しますよね。大丈夫ですか。

河合　まだ続出までいってないです。ほかの国に比べたら数としては、少ないですよ。

小石原　少しは安心しました。今日はいろいろとためになるお話をありがとうございました。

逃げないことが礼儀だ

尾車浩一

礼儀の横綱と言われた元大関・琴風、尾車部屋親方

Koichi Oguruma

尾車親方は童顔の苦労人です。

国技の世界で数多くの辛酸を嘗《な》めながら、不屈の闘志で見事カムバック。

病魔や困難に直面しても、けっして顔に出すことなく、立ち向かってきました。

体面を気にし、「階級」とか「叩く」という言葉を口にするのも躊躇《ため》らう人が多いなか、
何ら憶することなく明言し、礼節の大切さを説く、感動的な親方です。


（小石原　昭）

おぐるま・こういち

1957年三重県生まれ。71年、佐渡ヶ嶽部屋入門。琴風豪規の四股名《しこな》で、71年、名古屋場所で初土俵。77年、新入幕。78年、史上4番目の若さで関脇昇進。その後、左膝靭帯断裂の重傷、幕下30枚目まで陥落。怪我と闘いながら関脇に返り咲く。“がぶり寄り”を武器に、81年の9月場所で初優勝、大関昇進。85年、11月場所での引退まで、幕内在位48場所、優勝2回。87年、引退、年寄「尾車」を襲名、尾車部屋を開く。礼儀作法やことばづかいなど立居振舞は角界でも折紙つきで“礼儀の横綱”と呼ばれている。

◉——相撲が好きだと思ったことはない

小石原　おひさしぶりです。早速ですが、尾車親方は二十歳で関脇に昇進され、怪我で幕下三十枚目まで番付を落とされ、その後、治らないといわれた怪我を克服、大関まで上がられました。まずはその当時のお話からうかがいたいと思いますが。

尾車　現在も完治しているわけではないんです。当時、あちこちのお医者さんに行き、いいと言われることはみんな試したんですが、治らないと言われました。

小石原　あれは靭帯が切れたんですね。

尾車　ええ。靭帯断裂と半月板損傷で、手術をしても変わらないから、筋力を鍛えてカバーしなさいと言われて。それで努力して、何とか土俵に戻ることができたんですが、うまく勝てるようになったころ、大事な場面でまたバギッとやって、医者からは「もうダメだろう。でも、よく頑張ったじゃないか」と引導を渡されたのが二十三歳のときでした。

小石原　引導を渡されても相撲を辞めなかった。何がそうさせたと思われますか?

尾車　何でしょうねぇ。現役時代には相撲が好きだと思ったことは一回もないですしね。相撲はやればやるほど苦しいもんです。下位のころはもちろん、上位に上がれば周囲の目もちがってきますから、やっぱり苦しい。相撲をやっていてよかったと思ったのは引退した後ですから(笑)。

小石原　好きで相撲に進む人が多いのかと思っていましたが、ちがうんですか。

尾車　みんな相撲界に対しては感謝していると思いますが、好きという感情はなかなか持てないでしょうね。

でも、怪我で休んだら、稽古の苦しみより土俵を取り上げられた苦しみのほうが大きかった。相撲は好きじゃなかったはずなのに、不完全燃焼というか……。そしたら、怒られようが、叩かれようが、やっていたほうが楽しかったと感じ、初めて「自分には相撲しかない」という気持ちになったんです。厳しい状況は自分でも重々承知だったんですが、それでも十三歳のとき、三重県の津から決意して上京してきていましたから、簡単にあきらめてたまるかと。土俵を去る時期だけは自分で決めるという気持ちはありました。

小石原　二十代前半の歳頃だと、そこまで深く考えず辞めるのが普通だと思いますが、よほど思慮深かったのでしょうか。追い詰められたときに力が出てくるというのは、ご自分の性格なり、生い立ちなりが影響しているんでしょうか。

尾車　私の実家は家業があったわけではなく、親も必死で生きていましたから、小さい頃に甘える場所がなかったのが、いまとなっては幸せだったと思いますね。日々の稽古の苦しみなんかで、簡単に相撲を捨てさせなかったんでしょうね。楽して手に入れたものは無駄にしますが、やっと手に入れた生活でしたからね。

小石原　いいお言葉だ。「悪銭身につかず」の逆ですね。では、ご自身の取組みのなかで、いちばん印象が深かった取組みは。

尾車　引退を決意した最後の相撲ですね。一九八五年、十一月場所三日目の寺尾関戦です。足が全然動かなかったし、引退が近いのは自分でも十分認識していたんです。ただ、自分のなかで決意するのに踏んぎりがつかなかったんですね。その場所では初日と二日、二番続けて負けていたんですけど、二番とも力を全然出せていない。負けても「ちくしょう！」という気持ちが湧いてこない。このままじゃ辞めきれないと思いましてね。三日目、もう一日だけと親方に頼み込んで寺尾君と相撲を取りました。この相撲は、最後に土俵際で負けたんですが、そのときは自分の目一杯の力を出しきることができて負けたんです。手をばったりついて体が落ちていったとき、「ちくしょう！」と思いました。そう思った後、心臓がバクバクして、ものすごく疲れたんです。花道を引き上げて風呂に飛び込んだんですけど、そのときに引退を決意しました。

小石原　達成感を感じられたんですね。

尾車　私たちは、怒られ叩かれ、戒められて、少しずつ反省しながら、「ちくしょう！　ちくしょう！」の気持ちで強くなってきました。寺尾君に負けたときは、心から「ちくしょう！」

と思えたので、これ以上取り組みを続けることは自分の勝手ですが、大関や横綱を目指している後輩の前で惨めな姿では、看板を傷つけることにもなるし、世話になった相撲界にも傷をつけることですから、自分のわがままは三日目までということで辞めさせてもらったんです。相撲は守りに入るともう後退しているんです。ですから、どんなに弱っていても、だめな時期でも、常に前に出ることと上に上がることを考えていないといけない。私も、一度たりとも大関のままでいいやと思ったことはないし、八勝七敗のときも、九勝六敗のときも、「横綱になるんだ」、「自分の勝ち越しは、最低十番が勝ち越しなんだ」と、言い聞かせてやってきました。要は気概です。

尾車　体中にテーピングして闘っていますね。満身創痍でも、気力があれば闘えるんですか。

小石原　そうですね。体力的に十分だった頃に、十年、十五年と培ってきた技術や経験がありますから、あとは怪我や病気を言いわけにするか、怪我のときだからこそやらねばならないと思うかの差です。

◉――いまの子たちは怒鳴られると脱走する

尾車　親方ご自身が経験された稽古と、いま、親方がつけていらっしゃる稽古とは、何かちがう面がございますか。

尾車　質がちがいます。いまの子は叩いたり怒鳴ったりに耐えられないんです。耐える前に部屋を脱走してしまいます。

小石原　でも、入門するときは好きで入ってくるんでしょう。

尾車　自分で描いていたものと現実とのギャップが大きすぎるんでしょうね。

小石原　部屋に来るまでは、おそらく殴られたこともないでしょうからね。

尾車　いまの若い子はそういう経験がないので怒鳴られるとびっくりするみたいです。考えてみると、いまの入門生のほうが不幸かもわからないですね。昔は、稽古で怒鳴られても、稽古場以外の社会で叩かれることが多かったから、そんなに落差がなかったのですが。

小石原　ほんとうにそうですよ。しかし、逃げ帰っても、すぐ受け入れる親も問題だ。

尾車　いまは、ほとんどの親御さんが受け入れますね。昔は、逃げて帰っても敷居をまたがせてくれなかったけど。

小石原　これだけ世相が変わってきたなかで、相撲の文化を維持するのは大変ですね。

尾車　大変です。ただ甘ちゃんだと思っても、掃除などやらせると、案外できる子もいて、まだまだいまの子も捨てたものじゃないと思います。逆に、大人のほうにやらせる勇気がないんじゃないですか。

◉──食べた分だけ運動する

小石原　力士は強くなるために太らなければいけないんでしょう？　親方は、最高時何キロぐらいだったんですか。

尾車　いちばんあったときで百七十八キロです。食べると筋肉になりますから、現役時代はうんと食べました。でも、稽古を休んだり、引退したら、食べると脂肪に変わってしまうので、制限したほうがいいんです。百五十キロあって強い力士は、百キロの体に五十キロのエンジンを積んでいるんです。五十キロの薪を背負わせた百五十キロはだめなんです。見ていただいたらわかると思いますが、序の口や序二段と、幕内とでは、同じ身長、体重でも全然違います。

小石原　入門したての大きい子と、鍛え切った力士との違いですね。

尾車　それに現役の関取クラスの力士は、案外、体脂肪率が低いんです。

小石原　体脂肪率を下げるには、どういう点にいちばん気をつけるといいですか。

尾車　からだはカロリーの摂取と排出のバランスですから、一日一万カロリー近く食べても、一万五千カロリー消耗すればいいわけなんです。

小石原　それで親方はいま、何キロですか。

尾車　百二十五キロです。

小石原　五十三キロ痩せられた。すごいですね。何か特別なダイエットをなさったんですか。

尾車　鍛えてついた筋肉は辞めると落ちるので、ある程度は自然に落ちました。でも、筋肉だけ減ってしまっては困るので、運動して節食して落とすことをしていかないといけない。いまは稽古後のちゃんこは、野菜をほんの少しつまむだけで主食にしません。あとは丼いっぱいの大根おろしとジャコ、小さな茶碗で麦ごはんを一膳にしています。

●――まっすぐ目を見て挨拶しなさい

小石原　話は変わりますが、「礼儀の横綱」という異名をおとりになっていますが、自らなさった行動が結果的にまわりの人にそう言わせたのでしょうか。

尾車　別に意識したことはないんですが、強いて言えば、親に教わったというか、根っから明るかったんですね。

小石原　遺伝子でしょうか。

尾車　ええ。うちの家族もいろいろなことがありまして、父親の事業の関係で生活が苦しく、四畳半一間で家族が肩寄せ合って人に隠れるようにして生きていた時期もあったのですけど、そういうときでも、父親もおふくろも、とにかく笑いを絶やさない、明るい家庭でした。

小石原　その明るさが宝物ですね。

尾車　最近、部屋の若い子たちをよく叱るんですが、稽古の見学で人が見えたり、お客様が訪ねてきても、まっすぐ目を見て挨拶できないのがいるんですよ。本人は逃げているとは思っていなくても、頭は下げるけど、そっぽを向いている。「悪気はなくても、自分の中に潜在しているいまのおまえが表れているんだ」といつも言うんです。それと、辞めていく子は、自分が逃げた原因は否定して、みんな言いわけをしますね。逃げないことが礼儀ですよ。出世する、しないというのは、ここで二つに分かれるんだと思います。

小石原　その気風は相撲だけじゃなくって、世の中全体にはびこっていますよ。

尾車　仕事柄いろいろなところに行かせていただきますけど、飲食店でも企業でも、目を見て「いらっしゃい」、「こんにちは」と言ってくださるところは、職場が溌剌としていますよね。横向いて「何しに来たんだ」という顔をするのはダメですね。

小石原　相撲の世界は、「ばかやろう！　このやろう！」が日常茶飯事で、師弟のあいだに相通じているものがある。そういう観点から世の中を見ますと、儀礼的というか冷たいなぁと感じて寂しくなるときがあります。そういうときは、相撲取りでよかったなと思います。

小石原　世の中、こうギスギスしていたんじゃね。いまは、挨拶ができても、機械的だったり、マ

尾車　ニュアルどおりだったりするから。それで世の中が本当に回るのなら、相撲でいう仕切りは要らないわけで、立ち合いの妙なんてないし、横綱が負けることもあり得ないでしょう。そうじゃないからやりがいがあると思うんです。

私は相撲しか知りませんが、所詮、すべては人間がやることですから、人としての基本を忘れたら、相撲だろうが何だろうが歯車は狂ってしまうと教わってきました。相撲を取る前に逃げることを考えると気負けして負ける。逃げないでぶつかっていってはね返された失敗は、次にぶつかったときに風穴をあけるような勢いに変わるんです。逃げて裏口から入ろうとすると、いつまでたってもうまくいかない。

◉──世の中には階級がある

小石原　先日うかがったお話ですが、親方の仕事は、土俵で勝てば褒め、負ければ叱るのではなく、勝っても勝ち方が悪いと、その悪さを指摘し、負けても負け方が良くて、そこに伸びる芽があれば褒めて教えてやるんだそうですが、この話は人の上に立つ人間にはとても大事なことだと思いますが。

尾車　「土俵は人生の縮図」という言葉がありまして、押し出し、寄り切り、つり出しで優勝する力士はいっぱいいるんですが、肩すかしと、はたき込みと、うっちゃりで優勝したのは一人もいない。

小石原　どういうことですか。

尾車　相撲は相手に何回もぶつかっていってはじめて力がつくんです。引いたり、叩いたりして勝っていては力はつきません。幕内でもよく、はたき込みや肩すかしという技が出ますが、あれは押す力のついた力士がやるから決まるのです。でも引いて勝ってしまうと、よくないとわかっていても、からだが覚えてしまう。

小石原　身についちゃうのね。

尾車　そうです。それで癖になってしまうんです。楽して覚えたことは身から離れません。その怖さが親方はわかっているので、立ち合いにはっとからだをかわして勝ったりすると、怖さを教える意味で竹刀で叩いて、「こんなことで勝って何だ!」とやるわけです。私もそうされましたし、私自身も弟子にそうしています。

小石原　親方の愛情ですね。それがいまの日本の教育体制のなかにないんです。

尾車　相撲の世界は結果がすべてです。勝てないと番付は上がりません。

小石原　そういえば親方のご著書に「世の中には階級があるんだ」というご発言がありましたね。

尾車　ええ。相撲界には歴然とあります。私は弟子にいつも「努力なくして結果が出た人は相撲界にはいない」と言うんです。「おまえより上の力士はおまえよりは努力している。追い抜きたかったら努力しろ」と。相撲の世界では、妬んだり、やっかんだりすることは絶対できません。うまいこと言って地位をつかんだ人は一人もいませんから。そんなことをすれば惨めになるだけです。

小石原　世の中には親の力やカネの力で生きる世界もあるかもわかりませんが、結局そうしてつかんだ地位は自分を苦しめるだけで、それだけの器になっていなければ、余計に惨めな思いをするでしょう。地位をつかみ、称賛を受けている人は、頑張って辛抱して努力された方です。このように、まちがいなく人の地位に格差があるのに、それをいまは、平等とか、同等、横並びといって、本来の意味をはきちがいしています。

尾車　途中の手段を問わず、うまくやったやつが上がるような傾向もあるんです。でも、苦しんで勝たなければ身につかないですよ。

◉――相撲は現場で見てほしい

小石原　そうでしょうね。さて、読者には相撲の好きな人もたくさんいますので、最後に相撲の楽しみかたを教えてください。

尾車　まずは仕切り。何回も同じ動作を重ねる仕切りのなかにも、ナマの現場で見ていただくとわかりますが、一回一回の仕切りごとに表情や肌の色艶が変わっていく、土俵上の雰囲気が張りつめていく。そういう部分を見ていただくと、単なる勝負だけではなく楽しめるのですが。

小石原　昔に比べていまは、ずいぶん仕切りが短くなりましたね。

尾車　昔は二時間くらい仕切っていたこともありましたが……。あとは、落ちて行く者もいるし、上がって来る者もいる。そういう力士一人ひとりの人生を見てもらうのもいいかと思います。

小石原　贔屓《ひいき》になると落ちようがどうしようが逃げないですしね。

尾車　あれは不思議ですね。

小石原　ナマの現場とテレビとでは感動が全然ちがいますね。親方のおっしゃったとおり、やっぱり現場でないと人間が発する動物磁気がない。ところが近頃の日本人は、テレビで用が足りていると錯覚しています。ところで、親方はこの対談では最年少ゲストですよ。

尾車　正直、場ちがいだと思ってます。

小石原　場ちがいじゃないですよ。生きた年数だけでは人間はダメで、問題は中身ですから。今日は何度も親方の口から叩くという言葉が出ましたね。いまどき、叩くなんて言う人は、ほとんど、どの世界にもいませんから、貴重なお話でした。

自分自身の感覚革命を

時代の流れをどう読みとるか

阿久悠

時代の飢餓感をすくいあげ、いまの世に歌物語を送り出す作詞家、作家

Yu Aku

阿久さんには、郷土淡路島の風が満ち、吹き抜けていて、子供の純真さそのままです。
汗と土にまみれて健闘する甲子園の球児をこよなく愛し、
いまを生きる日本人の心に染みる歌の数かずを、
少年時代の思い入れたっぷりの小説を、次々送りつづけてくれます。
大衆のこころを震わせる作品は、一朝一夕にできたものではなく、
欠かさず記録される毎日のノートが原点なのでしょうか。

（小石原　昭）

あく・ゆう

1937年兵庫県淡路島生まれ。明治大学文学部卒業。71年、「また逢う日まで」で日本レコード大賞受賞以後、「北の宿から」「勝手にしやがれ」「もしもピアノが弾けたなら」「津軽海峡・冬景色」「舟唄」などレコード大賞受賞常連。ピンクレディの「UFO」や「ピンポンパン体操」など、作詞数は5,000曲を超える。97年、菊池寛賞受賞。99年、紫綬褒章。主著『瀬戸内少年野球団』（文藝春秋）、『書き下ろし歌謡曲』『愛すべき名歌たち』（ともに岩波新書）。

◉——CDも本も買わなくなった二、三十代の男たち

小石原　それじゃあ早速はじめましょう。

阿久　五十代以上の人がレコードやCDを買わなくなったのは、しょうがないかなと思うんですが、二十代、三十代の男が、パッタリと、CDも買わない、映画も行かない、小説も買わない、芝居も女性に連れていかれるとき以外、自分で選んで行かない。異常なことだと思うんですよ。人間というのは、からだのなかにもっている邪悪なものや凶暴なものを、全部外に出しちゃ生きていけないんで、ただ、それを潜らせたままでも生きていけない。そうすると、芝居を観るとか、映画を観るとか、小説を読むとか、歌を聴くということで、だれかに代わりにやってもらって、結構浄化しているわけですね。

小石原　代替行為をやってもらうのね。

阿久　ええ。その重要な役割をどっか忘れたままで、年齢を重ねただけという意味での大人になって……。子供を使いきらないで、年齢だけは戸籍上大人になるというのは、非常にこわいことですね。不埒なことを思い、けど、その不埒を抑える理性と葛藤しながら、このくらいは自分でやってもいいか、ここから以上はだれかにやってもらったものを見ることによって浄化していこうかなというような、そういう訓練をしないと、知識が知恵

に転化していくことにならないんですね。

小石原　工夫するとか知恵をひねるということがないんですよ。

阿久　文化的に考えれば、この部分の歌がなければ変だけど、レコード会社は文化人じゃないから、僕らがいくら身悶えたって、二十五歳過ぎたら一人も買わないって、そういうデータが出ていれば、売る側としては儲けがないだろうなと思います。何でもそうですが、多くの人が買わなければね。データは出してくるんですけど、どうして大人の歌が売れないんでしょうねって、それだけ。大人の歌は大人が買って、それを下の世代が聞いて、いいな、いつか私も二十五になったらあの歌が似合うようになるかな、というのは、これは文化でも、ビジネスでもそうだと思いますね。ここへきて出版の悪口をいうのも何なんですが、出版社も、返品、在庫ばっかり気にするんですよ。出版の打合せをしているときも、返品になって、それが倉庫にたまっている風景ばっかり言って怯えるんです。

小石原　雑誌でも、編集会議の前に広告が入るかどうかの会議をします。だけど、いくら創刊号に広告を入れても、載せた企画が弱くて売れなきゃ二回目からは入らないんですよ。

阿久　レコードが二十年前にそういう状況になりました。宣伝会議というと、コマーシャルとのタイアップがとれるかとれないか、それだけなんです。どうやって売るかの知恵比べが本来宣伝会議だと思うんですけど、それが一つも出ない。

小石原　戦後教育が知識だけを教えて、知識が知恵になる部分を鍛えていない。特別に個人的な資質がある人以外は、頭の回らないほうが何となくいいような、人より目立たないような、横並びがいいような教育をずっとやっていますよね。

阿久　僕は小学校三年だったと思いますが、いちばん衝撃的なことは、教科書に墨を塗ってあったことですね。墨を塗ったことの意味が近頃になって、ああ、これは日本流のやり方だというのが、実によくわかった。この際、根本的に違うことをやりましょう、こんなに国ががたがたになったんだから、ゼロから立ち上がって新しい国をつくりましょうという気持ちはさらさらないんですね。不都合なところを墨で塗って、なるべく多くのものを維持しましょうと。ここ何年間、経済構造の改革という言葉を聞いていますと、どうも墨塗りだなと。だれかに何か言われそうなところを消すだけで、それが過ぎればハッピーだというね。改革というのは、日本人の血のなかにはないんだろうっていう……。

小石原　一九四五年の敗戦でも、日本列島を一歩出たら「敗戦」といっているのに、日本国内だけは「終戦」でしょ。日本では「ガイドライン」といっているけど、外国では「ウォーマニュアル」。言葉でごまかす国ですね。

阿久　僕が作詞をたくさんやっていた時期は、売り上げだけからいうといまのほうが売れていますが、そうじゃなくて、人を動かす力があるという意味では、あのころが黄金期だっ

「僕が風俗を重視しますって講演しますね。すると、やっぱりお好きですかって言われる(笑)。そうじゃない。土俗があって風俗がある。土の人と風の人がいるんだよ」と語る阿久悠氏(左)と小石原氏　茶室・無畏軒(東京・元赤坂・知性ビル)で

小石原　たと思うんです。それがあのシンポジウムのころ。八一年でしたね。僕がプロデュースした住友文化フォーラムの三回目で、「時代の流れをどう読みとるか」。阿久さんと、亡くなった手塚治虫さん、インダストリアルデザイナーの栄久庵《えくあん》憲司さん、『路地裏の経済学』の竹内宏さん。あのときあなたは天才じゃないかと思いました。

阿久　おもしろいメンバーでしたね。

小石原　手塚さんが出るのをいやがりましてね。説得が大変でした。

阿久　珍しいですね。手塚さんがああいう場にね。

小石原　でも、終わったあとご機嫌よくって、出てよかった、出てよかったって。

阿久　あの当時、レコードが七百円だったと思いますけど、歌をテレビで聴いて、いい歌だな、ほしいな、七百円ある？　そのあと、うちを出たら、七百円がレコード屋まで届くかどうかわからない時代になった。途中にマクドナルドだとかケンタッキー・フライド・チキンが出はじめたころで、そこへ行くかもしれない。コミック雑誌がおもしろそうだったら、そっちに取られるかもしれない。じゃあ、七百円の第一衝動から、ほんとの購買衝動までもたせるためには、よほど強力な作品を出さないともたない。途中で、スパゲティを食って、歌はテレビで聴くだけでいいか、という考えに変わる恐れがあるから頑張ろうと檄《げき》を飛ばしたことがあるんですけど、どっか的中してしまったような感じがします。それとCDがいちばんつらいのは、CDはこんなに小さくなった。僕らは、これをゴミ箱へ捨てるなんていうのは、たいへんな度胸がいる、なかなか捨てられない。それがいまは、二、三回聴いたら捨てるっていうんです。僕らはレコードとか本とかいうのは、捨てられない世代ですから。こんな風に捨てられるのはあの大きさにも関係があるという気がすごくするんです。ものをつくるときには、ただ便利だとか、簡単に手に入るとかいうだけじゃなくて、簡単に手に入るということは、手から放すことも簡単だという、そういうメンタリティみたいなものも考えながらつくってもらいたいな。

小石原　ものをつくる人たちは、ただ軽いとか、安いとかに突き進んでいきがちですからね。

阿久　どんどんそっちへ行きますね。経済は興隆するかもしれないけど、人間は確実に腐っていく、だめになると思う。サッカーを観ていても、団体ゲームだけど、点をとるかとらないかというときになると一対一になるんですね。一対一になって競っているとき、外国の選手はすごく怖い顔をしていますよ。顔だちじゃなくて、顔つきが怖くなって、最後のボールに向かっていく。パス回ししているときの顔と、一対一で競り合って一点とらなきゃと迫っているときの顔の変化が、日本の選手にはないんです。同じ顔をしている。それがいちばん不思議なところなんですね。目の光が変わらない。瞳に力がない。日常、だれも怒らないしね。じゃまったく不満なく、心楽しくやってくれているのならいいんですけど、結構不満を言ってるんですよ。それを、怒りなら怒りでいいし、注文なら注文でいいし、きちんと出してくれればいいんですが、そういうことにこだわっているように思われるのがいやだとか、怒ったことに対して跳ね返ってくる重さを背負わなければいけないのがいやだというのがあるようだし。

小石原　重さでも、リスクでも、親でも、何でも背負うのがいやなんだね。身軽にいきたいんだ。

阿久　背負いませんね。

◉――「女」を「女性」としてとらえる

小石原　昨年、放映された阿久さんの「歌謡曲って何だろう」(NHK教育テレビ)は面白かったですね。流行歌の本道と違う道はないものだろうかとか、日本人の情念、精神性は怨と美学だけだろうとか。これまでの演歌はそういわれていましたからね。それから、都市型生活のなかでの人間関係に目を向けることはできないだろうかとか、個人と個人とのあいだのささやかな出来事を書くと、そのこと自体が社会へのメッセージになるようなことはできないだろうかとか。ずっと流行歌がやってきた「女」を「女性」としてとらえられないだろうかとか。電信の整備、交通機関の発達、自動車社会、住宅の洋風化、食生活の変化、生活様式の近代化は、われわれの情緒とどうかかわりをもってくるのだろうかとか、人間の、表情、しぐさ、習癖は不変なものなのか。まったくそういうことをしなくなった、しぐさや習癖がないのかとか……。

阿久　ずっと気になっています。

小石原　つい先日、この茶室にみえた多田道太郎さんの『しぐさの日本文化』が、しぐさの研究ではいい本ですよ。

阿久　多田さんとは南太平洋に行ったんです。僕とか横尾忠則、浅井慎平、池田満寿夫さん。

小石原　横尾忠則さんとか浅井慎平さんとかは、西武美術館で土佐の「絵金」展をやったとき、一緒に土佐に行きました。それに五木寛之さん。

阿久　それから「どうせ」と「しょせん」を排しても歌は成立するって言われていますが、ほんとにそうですね。歌だけじゃなくって、いまの日本、経営者でも従業員でも「どうせ」と「しょせん」が多すぎる。みんな他人のせい、世の中が悪いんだと。

どう物語をつくっても、最後の一行が「どうせ私は女だから」とか、「どうせ私は酒場の花よ」となってしまう。そこから何かはじめられないだろうか。たとえば僕が作った「ジョニーへの伝言」だって二時間待ったけど来ない。いままでの歌は、こんなに待っていたのにあの人は来ない、私はまた捨てられてしまったのかもしれない、で終わるんです。でも「ジョニーへの伝言」は、二時間待って私は義理をはたした。ここから先は私の道を選ばせてもらいますっていう女の話です。僕の詩からいえば「女性」になっている歌です。

小石原　実際、相当なスピードで「女性」が増えていますよね。

阿久　携帯電話が便利だといいますけど、電話があるということは、つねにだれかに拘束されているということですよね。僕ら、電話がかからないことがいちばんいいなと思うわけです。ところが、必ずスイッチオンで持ち歩いてるでしょ。

小石原　僕が若い社員と一緒に歩いていて、そこにカード電話があるからかけろと言うと、「はい」って携帯電話を出す(笑)。このほうが慣れてますからって。生まれたときから電話のなかで生きていますからね。電話のない生活のよさなんてわからない。

阿久　面と向かって対話ができない。僕らは電話をかけても二分とはかけないですね。じゃあ詳しいことは会ってとなる。いまの人は面と向かっていても、詳しいことは電話でって別れるんですよ。デートして、黙ってずるずるお茶を飲んで、勝手にコミックを読んで、勝手に音楽を聴いて、別れて、それから電話で六時間ぐらいしゃべる。恋愛なんて別れて次に会うまで一週間あれば、何とか僕のことを忘れずに、よそに目が向かずにいてくれればいいがって、祈りですよ。それがないと歌も悩みもなくなっちゃう。

小石原　阿久さんの「観察は感察」。いい言葉ですね。僕なんか四十二年間「感察」やってます。

阿久　新幹線で新婚さんが、万歳、万歳に送られ、花束を抱えて入ってきたんですよ。横に座っていちゃいちゃされちゃかなわんなと思ったら、いちゃいちゃどころじゃない。座った途端に男のほうはヘッドホンで音楽を聴いてるし、女はコミックをずっと東京に着くまで読んでいる。ほとんど会話を交わさない。これじゃ別れるよなって(笑)。

●——見たもの、聞いたものを全部書く日記

小石原　阿久さんが十九年間書かれている日記のことを読者に知らせたいですね。国際情勢、日本の政治、社会の事件、気象と体感、スポーツの結果、円ドルレート、平均株価、気になった今日の人物の言葉、テレビや新聞で見たり、町で見たり聞いたり、からだで感じた一切の興味ある価値を、イタリア製の大きな日記帳に毎晩一時間ぐらい整理される。そのなかで仕事のアイデア、テーマになりそうなものやミニ評論を赤で、その端にニュース短歌も書かれているそうですね。外国旅行中でも入院中でも。

阿久　病気に近いかな。

小石原　恐ろしいものですね。興味を覚えたものをすべて書く。

阿久　ええ、目線がその日一日のなかで見たもの、耳をそばだてたもの、とにかく全部書いておく。僕は財テクをひとつもやらないのに、十八年間の円ドルレートと平均株価がわか

りますからね（笑）。これは時代の気配ということ。たとえば僕が小説でバーの場面を書く。そこで待ち合わせているビジネスマンが顔を合わせたとき、株価が上がっている日と下がっている日じゃ最初の一言がきっと違うにちがいないというのが、まずは書いておく必要。時代の風のなかに、たしかにこれも含まれているなということですよね。

小石原　ぬかりなく相対していないと時代の気配の変化を見落とすということですね。

阿久　笑われるんですが、そういうメモが寝室や書斎のテレビの前、ベッドサイド、車のなか。なんか思いついたり、テレビで気になることを言っていれば全部書いてある。仕事が終わったらそれを集めて、夜中、一人編集会議をやるんです。トップをどれにするかって（笑）。なかにはボツになるのがあってね。これは別に書かなくてもいいやって。

小石原　僕も、永年、このメモだけは。

阿久　さっきからすごいなと思ってます。

小石原　なにしろ一日中メモとっているんですから。人と会っていても、会議中でも、パーティーや宴席でも、車のなかでもね。ただ私の場合は、メモのまま分類して保存しているだけで、そんな毎晩、ノートに編集するなんてできないです。必要なときに、そのテーマに従って編集します。

阿久　逆に僕はそれはできないですよ。僕のは半分は外からくるものですから、そこで止まってしまうことがないわけです。全部自分のことを書こうとすると止まりますよ。書きたくないものが出てくるし、基本的には資料です。だからエッセーを頼まれても、赤で書いてあるものを書いていけばどうにでもなる……。

小石原　しかも、それはエッセーを書くためになさったものじゃない。

阿久　全然違います。南米サッカーのコパ・アメリカの結果まで書いてありますからね(笑)。

●――故郷は瀬戸内、淡路島

小石原　歌と場所のことをひとつ。僕は歌を聴くとすぐ、それが流行《はや》っていたころの、二十歳とか二十五歳になれちゃうんです。もうひとつ、僕の場合は、ちょっと元気がなくなったらすぐ新宿の町を歩けばいいんです。たちまち元気になる。いとも簡単。

阿久　歌のことを書く人はいままで大勢いて、わりとつくった側の事情が多かったですよね。この歌はこういう苦労をしてつくりましたとか、私は貧乏なときでとかいう、そういったつくる側のエピソードみたいのはあったんですが、どういう状況でその歌を聴いたかというのはほとんどなかった僕は、あんまり私小説を書かないんですが、私小説みたいに歌謡曲論をやる手はないだろうかなと。ちょうど朝日新聞だし、夕刊だし、そういうものがいいかなと書いたのが『愛すべき名歌たち』ですけどね。

小石原　小沼丹さんのことを書かれているのでびっくりしました。早稲田の英文学の先生で、小説家。いい小説を書いています。

阿久　僕はあの人の『村のエトランジェ』という短い小説が大好きでね。ところが知っている人が意外と少なくて。ほかのも読みたいと思っているんですが、全然ないんです。

小石原　僕には師匠が四人いまして、文学は井伏鱒二先生、社会評論は大宅壮一先生、ヴィジュアル表現は名取洋之助さん、編集は花森安治さん。小沼さんの唯一の師匠が井伏先生で、小沼さんを知ってくれている人がいるなんて。僕は一緒に旅行もしたし、穏やかないい人でした。ただお酒が好きで好きで、けっこう一緒に飲みました。

阿久　ところで淡路島にはときどき帰られるんですか。

小石原　高校の同級生連中が、この歳ごろだと結構ボスになっているんですよ。そういう連中が声をかけてくれると、なるべくこたえてやろうと思っているんです。

僕は淡路島には縁がありましてね。もう四十年も三洋電機の仕事をしていますが、創業者の井植歳男さんには大変かわいがっていただきました。一九六五年ごろかな、当時まだ無署名ライターだった草柳大蔵さんにご一緒していただき、月に一回、淡路島の井植さんの別荘にうかがいました。井植さんはお酒は一滴もお飲みになれませんが、実にこまめに魚の鍋と、最後は地鶏の親子丼をつくってくださいました。そのつど、テーマを用意して行って、食べながらおおいにお話をうかがい、それを草柳さんが原稿にしてくださる。それを、今月は『文藝春秋』の巻頭に、今月は『中央公論』に、今月は『婦人公論』にと、井植さんの名前で発表しました。十二回たまってから文藝春秋から『大型社員待望論』として単行本を出してもらったんですよ。売れましたよ。そうしたらオピニオンリーダーあつかいの取材が急に増えて、たいそう喜ばれましたが、しばらくしてお亡くなりになりました。東浦のご生家は、ご長男の敏さん(現会長)がすっかり補修されて、背中合わせの菩提寺は、安藤忠雄さん設計の水の寺です。きれいなお寺ですよ。全部紅柄《べんがら》塗りで、天井の上が池になっていて、水の下に入って行く、ちょっと夢幻的なね。

阿久　すごいのをつくりますね。

小石原　阿那賀《あなが》にもホテルをつくられて。九分かた出来上がったとき呼ばれまして、全館チェックして、お待ちいただいていた敏会長に、気がつくかぎりの意見を申しあげました。

阿久　ロケーションもいいところです。

●――風俗は政治に優先する

小石原　阿久さんは、「歌は時代とのキャッチボールだ、時代の飢餓感に命中することがヒットだ」と言われますが、経営者はこのことを知らなければいけないですね。

阿久　ニーズという言葉が出てきてから怪しくなりましたよね。ニーズと言うはっきりした要求が出てきたときは、ある意味ではもう遅いんですよね。ニーズが出てからそれに対応しようとしても遅くって、それ以前の、なんか得体の知れないヌエのようなとき、こんなものがあればいいなあ、いまこれが足りないな、という気配のときに準備しないと遅いだろうと思います。歌でいえば、原宿を歩いたらカッコいい女の子がいた。じゃ今晩、詞にしましょうといって書きますね。レコードが出るのは三ヵ月先です。そうするといちばん古い子になってしまうんですよ。この子は三、四ヵ月先にどういう格好をするだろうかと考えないとだめなわけですよね。予想の要素を加えないと、全部数字にあらわれてきたデータで動いていると、つねにずれたままです。

小石原　大宅壮一先生が亡くなられて満三十年で、生きていらっしゃれば百歳です。亡くなられた年に書かれた『風俗は政治に優先する』はほんとうにいい原稿です。「風俗は政治に優先する。風俗は水や空気のような流動体だから、ちょっとしたすき間からでも流入してくるものだ。ところで、文化には硬文化と軟文化とがあるが、政治や経済や思想は硬文化に属し、芸術や風俗は軟文化に属する。国家や社会体制の骨組みを形成しているものは硬文化だが、筋肉や血液となっているものは軟文化である。社会体制の変質や解体は、まず必ず軟文化にあらわれるから、それを通じて硬文化の変動を予知することができる。それがわからない者は政治家とは言えない」

阿久　やっぱりすごいな。

小石原　僕はこれを講演の枕によくふるんです。「政治家」を「経営者」とか「ビジネスマン」に置きかえればいい。原宿の女の子の明日のファッションの見通しも立たないマーチャンダイジングなんて売れるわけがない。しかし、いまの日本の精神状況の、いちばん深い根っこのところは、ひょっとしたら鎌倉時代から同じなんじゃないか。だって、「長いものには巻かれろ」、「寄らば大樹の陰」、「臭いものには蓋」、「ものいえば唇寒し」、「泣く子と地頭には勝てない」という、大衆社会の古い教訓が語っている国民性だろうと思うんです。怒らないで、おとなしいのは、若者だけじゃないかもしれない。

阿久　日本人は、料理にしても動物性蛋白をとらなかった。あの低カロリーで何百年と生きてくれれば、判断なんかしませんよ(笑)。

小石原　それでは今日はこのへんで。

Mutsuro Takahashi

自己表現の手段を持てば、人生は何倍も楽しい

高橋睦郎

詩、俳句、短歌、小説、新作能、行くところ可ならざるなき詩人

高橋さんは、文藝諸般をものす大詩人です。
現代詩はいうにおよばず、俳句、短歌、小説、戯曲、能、狂言など
その創作意欲は尽きるところがありません。
静かな語り口のなかの熱っぽさには、
九州人の真骨頂が垣間《かいま》見えます。
今回は、宗匠として、発句づくり入門を教えてもらいました。

（小石原　昭）

たかはし・むつろう

1937年北九州市生まれ。福岡教育大学卒業。詩、俳句、短歌、小説、戯曲、新作能、新作狂言、新作浄瑠璃、オペラ脚本、評論など、広範な文芸活動で日本文化デザイン賞受賞。主著・詩集『王国の構造』(小沢書店・歴程賞受賞)、『兎の庭』(書肆山田・高見順賞受賞)、句歌集『稽古飲食《けいこおんじき》』(善財窟読売文学賞受賞)、句集『賚《たまもの》』『私自身のための俳句入門』(ともに新潮選書)『百人一句　俳句とは何か』(中公新書)。

◉——俳句界の台所は安泰

小石原　俳句人口が推定千二百万人だそうですが、ずいぶんいるんですね。

高橋　どこまでを俳句人口と考えるかということはありますけれど、千二百万人でもおかしくはないでしょうね。

小石原　俳句雑誌と称するものが、月刊、季刊、同人誌全部入れて、八百種ぐらいはあるそうですが、経済的にも同人誌のなかでは俳句がいちばんやりやすいんですね。一句載せればその人がかならず買いますから。

高橋　大きな俳句結社の主宰誌は、商売が半分か、もっと大きな比率を占めているところもあります。ですから、大きな結社の主宰者が亡くなる前、次の主宰者を家族以外の会員から指名していても、経済的な理由から、主宰者の家の人が急に俳句をやりはじめ、とり返すという例も多々あります。わりあい古風なところもある世界ですから、主宰家に会員が忠誠を尽くすという、半家元制みたいなところもありますね。

小石原　ささやかな経済利権も含んでいますからね。

高橋　会員が句誌を購入する。それからその会員なり同人が自分の本を出すとき、主宰者が序文を書くということがあります。その序文でかなりまとまったお金を得るんです。

小石原　題簽《せん》も書いたりするんでしょう。序文、添削、器用な人は装幀までしたりしていますね。

高橋　カルチャースクールの講師の依頼がきたり、二次、三次の収入もあり、俳句の台所はまあ安泰というところです。

小石原　だから短歌誌の『アララギ』はつぶれても『ホトトギス』は残っているわけですね。

高橋　短歌の場合はそんなに主宰者に対して忠誠を誓いません。俳句のほうが誓います。そういう意味では安泰ですが、そのこと自体が問題で、たとえば、ほんとは始祖じゃないんだけど、だれもが俳句の始祖と思っている松尾芭蕉という人は、そういう安泰をとても嫌っていました。彼は宗匠になったにもかかわらず、宗匠であることをやめ、一陰棲者のポーズをとって深川の芭蕉庵に籠るわけです。そのポーズにもそのうち疲れ、また旅に出て行くということを繰り返すわけですが、そういう生活が不安定ということが、俳句にかぎらず、文芸とか表現とかには大切ではないでしょうか。ですから古来、俳句には業俳と遊俳がありましたが。

小石原　職業としての俳諧と、遊戯としての俳諧。

高橋　この遊戯としての俳諧は、しばしばお金持ちがやるわけで、そういう人は自分が安定した地位にあるので、逆に遊びのなかに不安定を求めたんだと思うんですよ。

小石原　なるほど。

高橋　遊俳のなかに大変な大俳人がいます。遊俳といえどもというべきか、遊俳だからこそというべきか、よくわからないけれど、よほどの覚悟がいることです。だから俳句は、何か片手間に、いい趣味だという種類のことではなかろうかと思います。

小石原　陶芸でいうと川喜田半泥子《はんでいし》ですね。

高橋　知り合いの経済人の方に、何かお書きになっていますかとうかがうと、やっぱり俳句がいちばん多いんですね。入りやすいんでしょうか。

小石原　入りやすいんです。僕は慈悲の形式だと言っています。大きく開かれているし、いくらでも究められるわけですから。

高橋　あえて人名は挙げませんが、拝見すると、どうみても僕には川柳としか思えないものも、ご自分の句を俳句とおっしゃっている社長がいるんですが、一言でいうと俳句と川柳はどう違うのか、教えてあげてください。

高橋　とてもむずかしいですね。俳句は季節感で、川柳は人情だなんて言ったって、季節感の川柳もあれば、人情の俳句もたくさんあるわけで、ある意味で久保田万太郎の俳句なんて、全部人情の俳句だといってもいいくらいですから。実作を持ってくれれば、これは俳句、これは川柳と歴然とわかるんですが。

◉――切字《きれじ》と季語の効かせ方

小石原　愛媛県松山市の「正岡子規記念博物館」は、いくら褒めても褒め足りませんね。町中が俳句病で、ことに行政のなかに病人がたくさんいるんですって。そういう人たちがやると、ああいういいものができるんです。べつにお金をかけているとか何とかじゃなくて、微細なところまで子規への尊敬と愛情が行き届いていると思いましたね。

高橋　松山ならではでしょう。俳句は松山の文化財で、かつ産業といってもいいですね。

小石原　そうそう、産業ですね。宿屋に泊まっても、俳句をしたためる用箋がみんな置いてありますからね。それを街角の箱に投書すると、毎月、賞が出るんです。

高橋　俳句はもともと日本の農本主義と結びついていると思います。農業というのは季節とともにあるわけで、その季節と俳句の季節というのは同じですからね。

小石原　そういう風土で現実にたくさんの俳人を輩出していますから、大変なシェアですよね。ところで『銀座百点』と『オール読物』の俳句の選者をなさっていますが、どういうところでおとりになるんですか。

高橋　これは非常に説明しにくいんです。とった句ととらない句とを並べて見てもらうと読者の方にもすぐわかると思いますが。

小石原　投稿句の傾向はメディアによって違いますか。

高橋　多少違うかもしれないけど、広がりからいうと『銀座百点』のほうが広がりがある。『銀座百点』の読者はものすごく礼儀正しい。僕なんかがちょっと添削をしますね。すると必ずお礼状がきます。いいところに採ると、大部分お礼状がきます。それもものほしげではないので、たいそう気持ちがいい。だから選をしていて、句を送ってくる人と選んでいる僕とのあいだに交流があるというか、俳諧の座みたいなものが顔を見ないで成り立っているなぁという気がして、自分の仕事のなかで大事な仕事だと思っています。選に当たっては、結果的にいうと、二つのことを無意識に考えて選んでいると思います。一つはやっぱり切れがいいということ。つまり切字ということにかかわるわけです。俳句はもともと俳諧の第一句(発句)ですから、俳諧をやらないで俳句からはじめた人の句にも、そのあとに何かが続いていきそうな雰囲気がかならずある。そのあとに続きそうで、やはりどこかで切れていないとだめ。その切れがいいかどうかが一つあると思います。もう一つは、季語が効いているかどうかということがあるんです。季語というのはだんだん変わってきていましてね。古い時代の俳句では、季語は句の中心にあったんですが、いまはそうではないですね。ほとんどのものが一種の味つけになっているというか、つけ合わせになっています。いま例を挙げますけど、ちょっと刺身のつま風に、ちゃんと季語が入ってますよとか、芝居の背景にちょっと柳が立っているような、そんなふうな句が最近多いですね。

たとえば与謝蕪村の、

白露や茨《いばら》の刺《とげ》に一つづゝ

というのはまさに露という季語が一句の中心にあります。しかし、中村草田男《くさたお》の、

ショパン弾き終えたるままの露万朶《ばんだ》

の一句の中心はショパンを弾き終えた人で、露は背景になっています。

でも俳句は、芭蕉も言っていますけど、季語というか、季の本質を探るというのが本来あるわけで、たとえば柳を使うなら、その柳はこういうものだという、そういう作り方が古いつくり方です。だからなるべくそういうものを探そうとしています。

上島鬼貫《おにつら》の句に、

そよりともせいで秋立つことかいの

という句がありますが、秋が立つころというのはまだ暑いですね。つまり、そよりともしないで、それで秋が立っているのかなというような句ですが、これは秋立つということを見事にあらわしています。このような句が、本来の季語の生かし方だと思うんです。生かし方というより、季語を一句の中心に置く置き方なんですが、いまはそうではなくて、なにか自分の行動とか、あるいはそのときの気持ちを言って、そこのどこかにちょっとつけ合わせのように季語が置いてあるという使い方。それもうまいのがたくさんありまして、そういうのは採りますけれど、やっぱり季語を中心に置いて、何かそこから季節とはいったい何なんだろうと、そこからもっと広げて、やや大げさに言えば、われわれが生きているということは何だろう、世界とは何だろうという、そういうことが見えてくるものがあれば、やっぱりそういうのを優先的に採りますね。芭蕉の句なんてほとんどそうですからね。

◉――俳句は入りやすく奥が深い

小石原　僕はさっぱり疎《うと》いんですが、第二次世界大戦後の一時期、漢字や仮名を止《や》めて、日本語をローマ字表記でやろうとか、エスペラント表記でやろうといった人たちがいた時期に呼応するように、無季の俳句とか、五七五にこだわらない非定型の俳句とか、そのくせばかに短い俳句がはやった時期があったんですが、いまはこの種の俳句は傾向としてはどうなんですか。

高橋　ありますけれど、無季ばっかりつくっているわけじゃなくて、無季もいいということでしょう。つまり、無季だけでつくろうとすると、とっても大変なんですね。この国では、季節感のほうがごくごく普通のことであって、そのなかから無季を探すのが大変ですから、いわゆる純粋無季っていう俳人は成り立たないんじゃないでしょうか。

それからもう一つの非定型というやつは、一回性のものですよね。たとえば、いくらでもありますけれど、種田山頭火とか、尾崎放哉《ほうさい》とかの、そういう句は、一回ずつ形式が違います。それは俳句とか何とかいうよりも、短い自由詩と考えたほうがいいんです。俳句の骨法とか、俳味といいますか、そういうものはずいぶん俳句から持っていったものがあるけれど、それは俳味のある短い現代詩、俳短詩とでもいえばいいもので、それをわざわざ俳句という必要はないのではないかと思います。

小石原　二度同じ字数でやれば、二度目は型ですからね。

高橋　そうなんです。まあそれは偶然にはあると思いますけど、その場合も彼らはそういう意識はないと思います。いいのももちろんあります。ただ、それをわざわざ俳句として鑑賞しなければならない理由はなにもないと思います。

言い古した言い方ですけど、俳句は五七五、十七音で、形式として切字を用いていて、内容としては季語を、古くいえば季題ですが、それをなかに入れているというのが基本だと思います。そのほうがつくっていて面白いんですよ。

ルールがない遊びというのは面白くないわけで、ましてや俳句は、学校でもどこでも教わってますから、作ろうと思ったら簡単で、名人になろうと思ったら三ヵ月一所懸命やればみんな名人になれると僕は言ってるんです。ほんとに入口の非常に広い、広き門より入れという、そういうもので、その上、奥はいくらでも深いですから、なかなか面白い、おすすめできる遊びだと思います。

小石原　大変よくわかったんですが、いま無季とか非定型を言ったのは、それが聞きたかったんじゃなくて、逆に俳句の型とか季とかというのはどのくらい俳句で大事かということをうかがいたかったんです。

高橋　もし俳句に季題がなかったらほんとにつまらない、無季句の大部分はつまらないですね。無季句の面白さと有季句の面白さとくらべたら、問題なく有季句のほうが面白い。なぜかというと、季は俳句の、言ってみれば生命なんです。これは特別のことで、なんか約束ごとみたいで、大変なことみたいに言う人がいるけど、そうではなくて、森羅万象は季節とともにめぐっているわけで、その季節のめぐりによってわれわれの生というのはあるわけです。食べ物は、季節によって生じたり、とり入れたり、貯蔵したりしているわけで、着る物も、季節とともにあるんで、生命のあらわれが季なんだから、なにもむずかしいことと考えなくていいんです。短い形式のなかに生命を入れるために季を入れるという、これは大変な知恵だと思えばいいことだと思います。

小石原　むしろ季を入れなくするほうが大変でしょうね。ことに日本では。

高橋　そうなんです。それに、季でないものも、約束ごとで季だというのがずいぶんたくさんありますからね。

◉――風通しのよさが大事

小石原　忘れないうちに聞いておきますが、できたら自分も俳句をやりたいな、でもむずかしい、と思いこんでいる読者にひと言、その固い頭がやわらぐような言葉をください。

高橋　人間は何か自己表現の手段を持っていたほうが人生が何倍も楽しくなり、意味を持ってくるということ。その手段として、もっとも入りやすく、もっとも奥の深いものの一つが俳句だろうと思います。だからおやりになるのは大変いいですね。入りやすいけど、すぐに飽きるというんじゃなく、入りやすくて奥が深いのがいいと思うんです。やっていれば、どんどん深まっていくわけですから。ただ、つくると同時にたくさんいろんなものを読むのがいいんです。手っとり早いのはやっぱり『歳時記』でしょう。

小石原　あと、ご著書のなかに「教養とは開かれた心のことである」とありましたが、ちょっと敷《ふ》衍《えん》していただいて。

高橋　何だってそうでしょうけど、何かため込む。これはいちばん経済的なことだろうけど、ため込むことが大事なことではなくて、自由なことのほうが大事なような気がするんです。ため込むというのは、じつは不自由になることで、それよりも必要なときにそれを持ってくる、そういう知恵というか技というか、そういうものを身につけておいたほうがいいと思うんです。よろずため込まないと心配で、すべてをお金に替えてため込むでしょう。でもお金というのは、ほんらい抽象的なものですからね。僕より一千倍ぐらい稼いでいる人はざらにいますけど、僕より一千倍ご飯を食べるわけでもないし、一千倍重ね着するわけでもないし、一千倍部屋が必要なわけでもない。やっぱり自由であることが大事なんじゃないでしょうかね。
教養というのはたくさん知っていることではないと思います。どういうときにどう対応できるかということなんじゃないですか。だから、いろんなことに好奇心を持っているということが大事なことだと思いますね。たくさん知識を詰め込むと、かえって好奇心を持っていられないんですね。自分が持っている知識を中心にしなきゃいけなくなるんで、蓄積というのはいけないんじゃないですか。

小石原　そこである程度は開く必要があるんですね。

高橋　吐く息と吸う息では、吐く息をたくさんするほうが大事だと健康法で言うでしょう。

小石原　禅では「放てば満つる」というんですよ。掌のなかにあるものを放たなければあとが入らないと。

高橋　ある人がお金のことを、世の中結局これでございましょ、と親指と人さし指をくっつけないで丸をつくるんです。こう開いておかないとお金が入ってこないからと。何でもそうじゃないんでしょうかね。教養というのも、開いておかないと入ってこないし、出て行ったってかまわないんですよ。

小石原　いまのお話は経済人やお金持ちのことばかり言ってるんじゃなくて、そのまま該当するのに、ある種の大学教授がありますね。学校のお金を使い、生徒にレポートを書かせてタダで情報を集め、自分には詰め込むけど、たくさん知っているぞという自意識だけで、ひろく社会のために活用しない。役人にもそういう人がいて、公の費用で集めた情報を、われわれは何でも知っているぞと一般には開放しないでため込んで、カビや毒が発生し

高橋　ている。一般に、風が通り抜けるような暮らしをしている人がなかなか少ないですね。人間、風通しがいいということがいちばん大事だと思います。さっきの回答にプラスするなら、切れのいい句、季の生きている句に加えて、風通しのいい句はやっぱりとるでしょうね。

小石原　たとえば一句、思いつかれた句を。ご自作でもけっこうですよ。

高橋　日野草城《そうじょう》の、

爽やかになればたのしきいのちかな

なんか、どうでしょうか。何年も寝たきりの病中吟ですが、この風通しのよさはため込まない自由さから来ているのではないでしょうか。

●――遊びをよく知っていた与謝蕪村

小石原　なるほど、自由が感じられる一句ですね。今日は僕のいちばん好きな俳人の名がついに出なかったんだけど、与謝蕪村はどうですか。

高橋　そりゃあいいですよ。蕪村はある意味でさきほどお話しした遊俳なんです。つまり、あの人は俳句でご飯を食べてはいません。絵描きでしょう。だからほんとに遊べた人です。もし芭蕉だけだったら、俳諧の歴史は寂しいものです。蕪村は誰よりも芭蕉を尊敬していたわけですが、あれだけ芭蕉を尊敬していて、芭蕉と違う句をあれだけ作ったということがすごいですね。自由だし、遊びをよく知っていた人じゃないですか。あの人は出自のことがよくわからない人です。自分の故郷の近くまで行っても絶対に足を踏み入れなかった人ですから、何かあったんですね。毛馬村というところだから、いまでいうとどの辺になりますか。淀川沿いに通り抜けの桜がありますね。あそこのもうちょっと上のほうでしょうね。

小石原　大阪造幣局。

高橋　僕は幾冊かの本を後架の函匣《はこ》に置いてますけど、そのなかの一冊は蕪村です。いつも繰り返し読んでいます。繰り返し読んでほんとに気持ちがいいのは、短歌では斎藤茂吉、俳句では蕪村。そして現代詩では西脇順三郎です。これは何度読んだっていいですよ。みんな暗くない。

小石原　今日はすてきな時間をありがとう。ほんとうに勉強になりました。

落語から大衆感覚をつかめ

山藤章二

Shoji Yamafuji

するどい批評眼で世相を風刺しつづける現代の戯《ざ》れ絵師

山藤さんは、いまどき男っぽい、一本筋が貫徹しているコメンテーターです。
日本中を跳梁跋扈している「もってまわった」言い方ではなく、
他に類のない、卓越した似顔絵作家の目で、世事万般についての感想を、ズバリ断言。
魑魅魍魎《ちみもうりょう》、あれこれ御託《ごたく》を並べる似非《えせ》文化人が多いテレビ界で、
やさしい顔に似合わず、はっきり箴言《しんげん》を呈しつづける山藤さんは、
実に貴重な存在だと思います。

（小石原　昭）

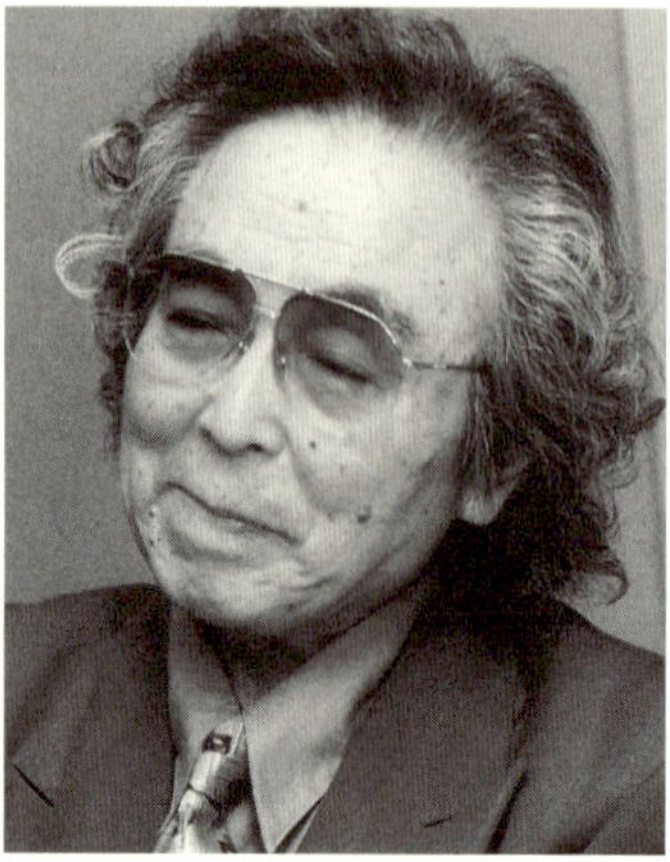

やまふじ・しょうじ

1937年東京都生まれ。武蔵野美術学校デザイン科卒業。69年、『週刊文春』連載、野坂昭如「エロトピア」のイラストレーションで、70年、講談社出版文化賞受賞、71年、文藝春秋漫画賞受賞、83年、菊池寛賞受賞。『週刊朝日』を最終ページから開かせるといわれ25年間連載を続けている「山藤章二のブラックアングル」はじめ、卓抜した似顔絵の技量と落語や演芸など笑いに対する視点の的確さ、鋭い批評眼で世相を風刺。81年から「山藤章二の似顔絵塾」（『週刊朝日』連載中）でアマチュアの才能発掘に大きな業績をあげ、数多くの装幀もこなす。主著『談志百選』（立川談志・山藤章二画・講談社）、『似顔絵』（岩波新書）。

◉――商売するにはネーミングが先

小石原　おひさしぶりです。米子《よねこ》さん（夫人）はお元気ですか。

山藤　ありがとうございます。おかげさまで元気にしております。小石原さんに初めてお会いしたのは僕が二十一歳のときですから、かれこれ四十二年になりますね。

小石原　あなたが一九九一年三月号の『オール讀物』「アタクシ絵日記」に「当時は、出版社系週刊誌が次々と創刊され、トップ屋と呼ばれた外部ライターたちがネタを小脇に東奔西走、彼等と広いネットワークを持つ小石原昭氏がこうした情報人材たちを有機的に生かそうと設けた、連絡、資料、執筆などの多目的空間」と書かれた、あの銀座八丁目の事務所でしたね。

山藤　あの事務所は存在そのものが面白かった。いわゆるライターなどが市民権を得ていない時代でしたから、いったい彼らは何者なんだろうと思われて……。

小石原　米子さんが秘書をしていた東京チャームスクールは、僕のプランですよ。五七年、当時の日立家電の和田可一宣伝部長に紹介された紳士が、日立が売っていた島根県の安来ハガネの関東地区総代理店の社長で、妹がＮＴＶの美粧室につとめている、独立意識が強くて抑えかねるので、いっぺん会って、何かやらせてくださいと、これがはじまりです。

その妹が大関早苗さんで、とにかく女性を美しくと言うから、まず僕が名前をつけたんです。何のことはない、素人向けの美容学校だけど、いまはチャームが商品になるんだからと、「チャームスクール」として、上に「東京」をつけなきゃいけませんよと言って、市ヶ谷ではじめたんです。

山藤　みごとにマスメディアが食いつきましたね。

小石原　そうじゃないんです。看板を出してもぜんぜん食いつかない。それで僕は一計を案じ、パーティーをやろう、パーティーにお招びする人向けの本をつくろうと、突貫で、吉田紀子君という社員が、いろんな本を集めて整理分析し、僕の社でつくったんです。

山藤　ほう……。

小石原　チャームスクールの生徒の歩き方を撮ったりして、知性社の『知性選書』で出したんですよ。それを僕の知っている雑誌・新聞社の編集者に、僕の名前で全部送り、銀座・和光の裏の貸部屋でパーティーをやったんです。たくさんの編集者が見えましたが、ちょうどいいぐあいに、光文社が『女性自身』という雑誌を出したばかりで、黒崎勇という創刊編集長と、のちに二代目編集長になる伊賀弘三良さんが来ていて、飛びついた。チャームはいける、これでいこうというわけです。それで『女性自身』が大関早苗さんを使いまくった。あそこの生徒は、はじめは全部『女性自身』を見て入って来たんです。

山藤　その頃、日立は、札幌、仙台、名古屋、大阪、広島、福岡に日立サルーンというビルをもっていて、いまのカルチャースクールの草分けをやっていたんですが、そこにチャームスクールの分校をつくってくれて、一気に全国展開になったわけ。

小石原　彼女は幸運な人ですね。

山藤　それで秘書募集に応じた米子さんが、後で僕の会社に移ってくれたんです。その後、島尾敏雄という作家の弟が丸紅のロンドン支店長をやっていましたが、その方と大関さんが結婚しましてね。だから最後まで幸せでした。

小石原　イメージを売るということの走りでしたね。当時はそろそろカルチャーとか、イメージとか、そういうものが時代の空気として欲しかったんでしょうね。

山藤　そんな深遠な考え方ではなく、とにかく商売をするには名前が先だと言ったんです（笑）。

小石原　まったくそうですね。日本人は、その前に売るべきものがあるかどうかと下からつくってくるけど、小石原さん流に言わせれば、まず名前を、看板をぶち上げろということで、キーワードを一つ入れておけば、それに食いつくわけですね。

◉――似顔絵は人物批評

小石原　ところで、八五年暮れにあなたに描いていただいた僕の似顔絵、まだプリクラがなかったときでしたが、プリクラとおなじようなものをつくって、親しい人にさしあげる手紙の署名のあとに貼って喜ばれています。ところが複数の文士の方から「小石原君はよほど山藤さんにご馳走か何かしたの」と言われるから「何もしないですよ」と答えたら、「おかしい。僕らは山藤さんに、かならずどこか意地悪に描かれているのに、君の似顔絵は福徳円満じゃないか」と言うんですよ。「しょうがないでしょう、山藤さんの目にそう映ったんだから」と言ったんですがね。

山藤　いまもあんまりお変わりにならないんですね。僕の似顔絵はそのときの衝動なんです。この人物の持ち味を伝えるにはどんな表情、どの手法がいいかというところからくるんです。いわば僕の批評ですよ。

小石原　山藤さんを見ていますと、力は十分にあるのに、持っている力を全部は出さないでやっているようで、それでいて落ちてる感じはまったくしませんからね。

山藤　東京人の性癖かもしれないですね。あからさまにみせると野暮だというところが、どこかにありますから。東京人はだめですね。人にどう見えるかばっかり気にしてる。

●——東京人の美学は

小石原　ところでこのあいだ、あなたのお孫さんのゆり子ちゃんに会いましたが、ふと思ったのは、梅原猛さんは若いときサルトルの実存哲学に凝っていましてね。だいぶ以前、梅原邸にうかがったら、お孫さんとの一家団欒でいかにもしあわせそうで、実存哲学者にしては晩年が上出来ですなと申し上げたら、なんとも微妙な顔をなさいましたが、山藤さんもそうなるんじゃないかな(笑)。

山藤　もうなってますし、何のてらいもなく、むしろそっちのほうが僕の真の姿だと思っていますよ。若い時は、世の中に対して、自分のなかのある部分を商品にしてみせなきゃならないと頑張って、イジワルをやってみたり、毒の何とかと言われて、それで商売は成功しましたけど、あれは僕の地ではないんです。つまり、乱を好まないし、人に喧嘩を売ったり、ちょっかいを出して逆襲をうけるのは好きじゃないんです。でもそれを表に出してしまうと、まだ無名だから誰も相手にしてくれない。そこでマスコミには何が売れるのか考えた。その結果、僕のなかの小さな炎を一所懸命増幅して、世の中の見方がシニカルだなとか、人の言葉に敏感に反応する癖があるなとか、そういうわずかな才能に油を注いで、たいしたことではないけど、一つのエネルギーをかたちにしたんですね。

小石原　たいしたもんです。

山藤　たいしたもんじゃないけど、僕にできる、生きる唯一のよすががそこだったんです。風刺とか批判というのは、オリジナルな第一次創造ではないんですよね。あくまで二次、三次でしょう。ひとさまのものに対して反応するんですからね。そのコンプレックスは、画家を断念したときのコンプレックスに根っこがやや通じてる。世の中とか人とかいうものに対して、それをどう引っくり返してやろうかというサービス業みたいなものですから。ものをつくってくれて、製品ができないことには、運搬や加工のしようがない。そういう二次的、三次的なクリエーターだと思ってますから、そこにポジションをおいた以上は、よほど芸がたしかでないと、自分が情けないわけです。

小石原　江戸っ子には何のエネルギーもないんです。ただ薩長がきて東京を荒らされたときに、野暮だとか、浅黄裏だとか、悪口をいいながら彼らは心のバランスを保ったでしょう。それがいまだに僕のなかにある。それはコンプレックスでもあり、逆の優越感でもあるんですけど、田舎のパワーのある人を馬鹿にするところが、自分の居場所なんですね。京都がそうですよね。たえず権力者が通過していったから、いま、あなたの言われたことは、そのまま祇園町の人たちの歴史的な心情ですね。

山藤　ある種の芸人のヨイショにも通じます。口先ばっかりで、腹の中では何を考えているかわからない。だけど、あくまで人をいい気持ちにさせることによる優越感ですよね。屈折しているというか、わかりにくい美学が僕のなかにあって、その部分を商品にかえて、四十年食いつないできたなと思ってます。

◉――アリにそっくりな人間たち

小石原　僕は永いこと、幇間《たいこもち》の悠玄亭玉介師匠を贔屓にしていて、お座敷に呼んだり、連れて歩いたりしていたんですよ。贅沢三昧のように思われるでしょうが、実は、それほど費用はかからなかったんです。

山藤　それは大変な道楽じゃないですか。

小石原　笑い話があるんです。新宿の「玄海」という博多水炊きの店で、友人と昼飯を食っていたんですが、隣の部屋でいたしている声がしはじめた。こんなところで、真っ昼間からとんでもない奴だ、と思っているうちに、だんだん、この声はどこかで聞いたことがある声だ、あっ、玉介師匠の芸だと思ったから、仲居さんに「そっちがすんだらこっちへおいで」と書いたメモを渡したら、師匠すぐに来て、とうとう夜まで連れ歩いてね。

山藤　その芸は。

小石原　師匠のいちばん得意な芸で、女中が留守番をしていると出入りの職人か何かが来ていたしちゃう。初めは嫌がっているのに、だんだんよくなってしまうという芸なんですが、これがけっこう延々で、玉介ならではの芸でした。赤坂でも、柳橋でも、新橋でも、たいてい師匠を呼んでいましたが、晩年、テレビに出たり本を出すようになって、どうもね。

山藤　文化人になっちゃったんですね。幇間が本を出すと人格も変わるんですかね。

小石原　本もあるけど、やっぱりテレビでしょうね。

山藤　幇間を連れて歩くなんてのは落語のなかの世界で、僕らにとっては夢のようなことで、そういうことをしているのは、兜町のお旦か何かでとか、そういうイメージがあったけど、目の前にいる人が実際そういうことをやっていたとは思わなかった。

小石原　いやいや。たとえば、メキシコに何度か行きましたが、最初のとき、マリアッチにすっかり惚れこんじゃいましてね。夜、マリアッチがいる公園に行くと、昼間売れなかった連中がみんな集まって、夜中じゅう楽器を弾いているんですよ。売れっ子はズボンの両脇に銀貨をいっぱい一列につけていますけど、売れない連中は、ズボンに白ペンキで銀貨の絵を描いている。それがなんともいいんです。滞在中、その中の一組を買い切って昼夜、どこへ行くにも連れ歩きました。これが安いんですよ。二度目のときは、空港に着いてゲートを出ると、バンバーンと歓迎の音楽をやってくれる。そのまま一緒にタクシーに乗って、ホテルでチェックイン。そのままずーっと弾いている。どこへ出かけるときも弾いていてくれる。夜、クラブに行き、そこに他のバンドが出ているあいだは止めるけど、演奏の合間にまたやってくれる。店側も歓迎するんですよ。

山藤　まさに日本の幇間と同じ存在ですね。いい気持ちにさせてくれる。

小石原　メキシコに行く人にわずかなお金でできるからとずいぶんおすすめしたんですが、やってきたという人はいなかったですね。

山藤　それはちょっと度胸がいりますよ。

小石原　そうかなぁ、すごくたのしいですよ。

山藤　それは、博多の人にしかできませんよ(笑)。

小石原　それにしてもあなたは『週刊朝日』の連載をはじめ、よく仕事をしていらっしゃいますね。

山藤　ハチとかアリは大体三分の一しか働かないそうですね。人間が見ると、アリはせっせか、せっせか全員働いているように見えるけど、昆虫学者に言わせると、働いているのは三分の一で、あとの三分の二はいそがしく働いているふりをしているだけだそうです。

小石原　まるで日本の会社だな(笑)。

山藤　その三分の一を別にして餌を与えると、そのうちのまた三分の一だけ働いて、三分の二は怠けにまわるそうです。最初に怠けていた連中を集めて餌を与えると、そのなかから俺が俺がというのが出てくる。そのバランスが絶妙だそうですよ。ハチの世界もアリの世界もバランスがそうだというから、本能なのですかね。全員働いてすぐ餌がなくなっても困るしね。

小石原　人間にそっくりだな。いや、人間が昆虫にそっくりか……。

●——落語は湯治の安らぎ

小石原　このへんで落語について話してください。

山藤　落語の魅力をひと言で言えば、湯治の安らぎですね。つまり、ひなびた山の湯で、ぬるめの湯にひたっていれば、現実の憂さも打算も頭に浮かんできませんよね。手軽な脱日常の世界なんです。

小石原　そのとおりかもしれませんな。

山藤　それに古典落語の舞台は江戸です。江戸三百年は価値観も仕組みも変化がなかったんですね。平穏といえば平穏、退屈といえば退屈だったんでしょう。確固とした身分制度のもとでは、庶民は上の階級どころか、大きな富を手に入れることも夢で、いまでいう「諦観」が庶民の暮らしの背景にはあったんでしょう。だから、現代みたいに他人を出し抜いてでも大きなチャンスをつかむ、というような意識は持ちようがなかったんですね。たとえ貧乏でも無学でも、その日なんとか食っていければそれ以上のことは望まない。楽しみといえば銭のかからない人間関係。安酒をおごったり、おごられたり、髪結い床で一日中だべったり、将棋を指したり、大家の下手な義太夫を聴いたり、花見に行ったり、洒落を言ったり、雑俳《ざっぱい》を詠んだり、喧嘩をしたり……。

小石原　ささやかだけど、それでしあわせだったんですな。

山藤　現代の感覚からみればほとんどが無駄な行為だけど、そのかわり人間とのつき合い方と言葉遊びが成熟したんですね。

小石原　人間には無駄が必要なんですよ。

山藤　誇張して表現されたキャラクター、ケチで助平《すけべ》で、あるいは愚かだったり、お人好しすぎたり、そそっかしかったりする。そういうところは誰しももっているわけですが、それを一人ずつ主人公を設けてユートピアをつくっているものですから、いまでいう癒《いや》しというか、ほんとにいい気持ちになって、こういう緩やかな世界、切羽詰まってない世界もあるのかという、寄席の効用って、まさにそれだと思います。

いま、ビジネスマンのなかには、無駄のない暮らしをよしとするか、やむを得ず選択している人も多いでしょうね。そういう「あくせくした日常」から「ぼーっとした非日常」に、たまには遊びに行かれたらいかがでしょう。昼間、客の少ない寄席にいると、山の湯にいるのと同じ気分になれますよ。ただ、それを感じるのも、ある世代以上ですね。あそこで語られることは若い人にはちょっとかったるすぎて、あるいは状況がむずかしすぎて、あまりにも縁遠いことでしょう。落語の世界はすきっ腹と寒さが基本ですからね。

小石原　それはわからないでしょう。

山藤　いまの子は、生まれたときから豊かすぎて、不快だったり不便だったりすることがない状況で育ってしまうので、落語の世界はあまりにも別世界すぎるんですよ。

小石原　壁の隅に穴があいていてネズミが隣の家とわが家を出入りするなんて話は、まったくわからないでしょうね。どうして壁に穴があいてるのかと思う(笑)。

山藤　天井をネズミが走るとか、クモの巣がはっているとかはわからない。噺家《はなしか》(落語家)に言わせると、そこから解きあかさなきゃならないから時間がかかってしょうがない。

小石原　時間もかかるし、その解きあかし方で面白くなくなるんでしょうね。

山藤　外人に話してるのと同じで、ジャパンとはこういう国で、庶民とはこういうものだと。

小石原　歌舞伎座でイヤホーンをつけて解説をしてるでしょう。

山藤　そうそう。落語は同時通訳がないとだめなんです。

小石原　異文化になっちゃったんだ。でも、実際に大学の落語研究会などを出た人たちは、けっこう実社会で落語の効用は生かしてるんですよ。隠し芸で小噺をしたり、合コンで女の子にもてたりね。女の子はお笑いの言える子が好きですからね。

●——吉田茂は落語好き

山藤　男がたった一人で、地味な着物を着て扇子と手ぬぐいだけ持って座布団の上に座り、右を向いたり、左を向いたりしながら一人しゃべり。こんな単純素朴な芸は、ほかにゃぁありませんよ。つまり、あとはお客の想像力にゆだねる、という高次元の芸だから、テレビやゲームの超具体的な映像で育った若者や、想像力の衰退した若者には、至極難解なものになるでしょうね。

小石原 ところで昔は、腕ずくでも笑わしてやろうという芸人がいたけど、いまはメディアに出て馬鹿なことをやると笑ってくれますから、それで味をしめちゃって、いかにしてそこでしくじったり、ドジ、マヌケを演じるかが芸だと思い込んでますよね。

山藤 そうそう。昔は志ん生とか円生といった大看板がいたけどね。

落語界も何かのきっかけでスターが生まれれば、若い子は素直に魅きつけられることもあるでしょう。そのためにはテレビが、あるいはインターネットなどが、スターをつくるための一大プロジェクトチームを結成してやらないと、まず不可能でしょうね。

吉田茂さんが落語をお好きだったんですね。当時としては政治家と落語という世界が結びつかないから、わりとマスコミがコラムに書いて有名になりましたけど、そのネタを先代の桂文治が寄席でギャグに使っていました。「落語てぇものは聞かなくちゃいけませんよ。落語を聞くとみんな偉くなれる。吉田茂さんがいい例で、あの人は落語を聞いたから総理大臣になった。みなさんも落語をお聞きなさい。で、聞いて総理大臣になれなかったら、それまでだ」と(笑)。

小石原　吉田さんは貴族だけど、そういう部分と両立していたからあれだけのことをやれたんです。飯沢匡《ただす》さんと同じで、貴族性と庶民性をうまく併せもっていましたね。

山藤　そうです。お家のいい方の跳ねっ返りのエネルギーって、ありますね。ふつうよりもちょっと不良になるとかね。

小石原　昔は金持ちの家の子がそうなると、おおかたはかっこつけて左翼に走ったんです。ところが、吉田茂さんや飯沢匡さんたちはそうではなかった。ほんとの大衆と肌を接して、ちゃんとものを言えたでしょう。

山藤　なるほど。財界の方もふだんの私生活でカルチャーに接しようと思うと、上昇志向で、クラシックやポピュラーといったサロン的なものを求めるんでしょうけど、ほんとうにわれわれ大衆の感覚を知りたかったら、落語、大衆演芸の世界ですよ。衰退したとはいえ、まだ生の形で流れていますからね。

小石原　落語を少しお聞きになったら、と言うと、テレビでと言われます。でもテレビでも、この頃はあまりやってない。この頃はいろいろなことをおすすめすると、それはテレビでと言われます。テレビ万能病は、人々をかなり侵していますね。

山藤　形はたしかにテレビを見ればわかるけど、あそこに漂う風味とかあくとか、生命力は、ぜんぜんですね。蒸しすぎちゃった料理みたいなもんでね。

◉——現場で動物磁気を感じなければ

小石原　とにかく興味があれば現場に行かないと。現場の動物磁気は、今後どんなに発明が進んでも、ブラウン管からは出てこないですよ、あれはバーチャルですから、と言っても、なかなかわかってもらえない。あなたが、コンピュータ・グラフィックスで描いてきたものは温かみがないと言われたけれど、あれと同じですよ。

山藤　そうです。ただ、泥まみれになるのがいやな子供がどんどん育っているように、絵の具で手を汚すこと自体が嫌いなんですね。パソコンのマウスをいじっていれば汚れませんからね。空気のいい部屋でマウスをいじっていると、自分の磁気とか体臭を発散しないものが出てきてしまう。それは巨大なものを失っているんだと言うんですけど、その真意はわからないでしょうね。すでに彼らは体臭を発散していない。

小石原　だから臭い消しが売れるんだな。それも塗るだけではだめで、飲んで体内から臭いを消そうという騒ぎですからね。今日は本当にためになりまして、ありがとう。

解説的あとがき

最近の世の中には閉塞感が満ちている。

長びく経済不況に加えて、続発する少年凶悪事件、その他、どうも何かがおかしいと言わざるを得ないことが多過ぎる。かねがね、こういった状況を少しでも打破することを、何か一手でもやりたいと思っていたら、ふと脳裏をよぎったのが小石原昭さんだった。

小石原さんには、ずいぶん昔から折々お目にかかり、いろいろお話をうかがってきているが、そのたびに感じてきたのは、小石原さんのものの見方、とらえ方が、実に骨太であるということだ。それに、話を聞いた後は、いつもある種の爽快感につつまれる。

けっして大所高所からの話ではなく、わかりやすい言葉で、すべて具体例で話されるのだが、実に明晰なのである。この人の話を、ぜひ読者に伝えたくなった。

その小石原さんに雑誌『財界』誌上にご登場いただこうと、ことあるごとにノックしたのだが、いかんせん小石原さんは、骨の髄までエディター&プロデューサーで、永きにわたって大勢の文化人、ジャーナリスト、経営者の知遇を得、舞台裏でさまざまな役割を果たし、黒衣に徹してこられた方だから、なかなか檜舞台を正面きっては踏んでくださらない。そこをなんとかご登場いただきたい、というのが私の願いだった。

もうひとつ、小石原さんがかねてつき合いのある方々のなかには、有名人だけではなく、一般にはそれほど知名度がなくても、世の中の一隅をつよく照らし、大変いいお仕事をなさっている方が多いことも知っていたので、こういう方たちにも、小石原さんを引っ張り出すことで、スポットを当てることができたら、と思ったわけだ。

再三にわたってご辞退される小石原さんに、やっとのことでお引き受けいただき、『財界』誌上で一九九九年九月から「悠々対談」のタイトルで連載をスタートした。「悠々対談」は、小石原さんから受ける印象をそのままタイトルにしたものだ。多忙な小石原さんなので、とりあえず、短期連載ということではじめさせていただいたが、思ったとおり読者からの反響が絶大で、現在も連載をつづけさせていただいている。

それにつけても、この対談でも小石原さんのゲストに対する切り込みの鋭さは、まさに特筆ものといえる。同席しているときの私の気持ちはしてやったりである。これだけ読者からご支持を得ている企画を、単に連載だけで終わらせてしまうのはもったいなく、広く世の人たちに〝元気の出る話〟を贈りたいと思い、雑誌掲載原稿に、速記録から対談のナマの内容を大幅に増やして再構成し、小石原さんをはじめ、ご登場願った方々のご了解を得、上梓させていただくことになった。
ここにご登場いただいた方々のすべてに共通して感じられるのは、人間の根本がしっかりできている人は、どんな分野にいても清々しく、有名無名を問わず、都市に居ても、地方に居ても、この世を絶えずリードされているのだ、と改めて実感できたことを、心の底からうれしく思っています。

二〇〇〇年十月

村田　博文［財界研究所社長］

この本は、雑誌『財界』に一九九九年九月二十八日号から二〇〇〇年八月二十二日号までに連載された「悠々対談」のなかから厳選したものを、速記録にもとづいて加筆しました。

小石原昭……**こいしはら あきら**
一九二七年福岡生まれ。

広島高等師範学校卒業。

五四年、総合雑誌『知性』(河出書房)創刊編集長を経て、五七年、企画集団・知性コミュニケーションズ代表。

知識人中心の豊かなブレーンネットワークのオルガナイザーとして、大衆社会動態を感覚的にとらえ、そこから汲み上げたエッセンスをクライアントにコミュニケートする人間味あふれる情報産業グループ、企画集団・知性コミュニケーションズを創成。

風俗の変化を〝定点観測〟し、そのエッセンスを、マスコミや契約企業のトップやマーケティング・PR部門に、四十三年間提供しつづけている。

大宅壮一文庫理事、東京財団評議員、日本ペンクラブ・日本評論家協会・日本旅行作家協会各会員。

七六年、『世界の一流品大図鑑』(講談社)で「一流品」ブームを起爆。七七年、『男の料理』シリーズ(小学館)で「男の料理」ブームを起こす。

著書『食べる楽しみ　生きる喜び』(講談社)。


僕らはそれでも生きていく!

発行年日……二〇〇〇年十月二十四日第一版第一刷発行
編著者……小石原昭
発行者……村田博文
発行所……株式会社財界研究所
一〇〇-〇〇一四 東京都千代田区永田町二-十四-三
赤坂東急ビル十一階
電話 〇三-三五八一-六七七一
FAX 〇三-三五八一-六七七七
関西支社
五三〇-〇〇四七 大阪市北区西天満四-四-十二近藤ビル
電話 〇六-六三六四-五九三〇
FAX 〇六-六三六四-二三五七
URL http://www.zaikai.co.jp/
印刷・製本……図書印刷株式会社

ISBN4-87932-014-5
定価表示はカバーに印刷してあります。